季羡林自选集

八大印章珍藏版

印章编号 5

火車上观日出

季羡林

在晨光熹微中，我走出了卧铺車厢，走到了列車的走廊上。猛一抬头，我的全身連我的内心立刻激烈地震动了一下：东方正有一抹臙脂似的像月芽一般的紅彤彤的东西腾涌出来。这是即将升起的朝阳，我心里想。

我年逾古稀，平生看日出多矣。有的是我有意去寻求的，比如泰山观日。整整五十年前，当时我还是一个青年小伙子，还在济南一个中学里教书。在旧历八月中秋，我约了两个朋友，从济南乘火車到泰安。当天下午我们就上了山。我只有二十三岁，正是精力旺盛的时候。我大跨步走过斗姆宫、快活三里、五大夫松，一气登上了南天门，丝毫也没有感到什么吃力，什么惊险。此时正是暮色四垂，阴影布上群山的时候，四顾寂无一人，万古的沉寂压在我们身上。在一个鸡毛小店里住了一夜。第二天，摸黑起来，披上店里的棉被，登上玉皇顶。此时东天逐渐苍白。我瞪大了眼睛，連眨眼都不敢，盼望奇迹的出现。可是左等右等，我等待的奇迹太阳只是不露面。等到东天布满了一片紅霞时，再仔細一看，朝阳已经像一个紅色的血球，徘徊于片片的白云中，原来太阳早已

夜来香开花的时候

季羡林自选集

季羡林 著

北京联合出版公司
Beijing United Publishing Co.,Ltd.

图书在版编目（CIP）数据

夜来香开花的时候 / 季羡林著 . -- 北京 : 北京联合出版公司 , 2024.7

（季羡林自选集）

ISBN 978-7-5596-7605-4

Ⅰ . ①夜… Ⅱ . ①季… Ⅲ . ①散文集 – 中国 – 当代 Ⅳ . ① I267

中国国家版本馆 CIP 数据核字 (2024) 第 083736 号

季羡林自选集：夜来香开花的时候

季羡林　著

出　品　人：赵红仕
选 题 策 划：外图凌零
统　　　筹：徐蕙蕙
特 约 编 辑：康舒悦　刘　洋
责 任 编 辑：李艳芬
封 面 设 计：陶　雷
内 文 排 版：孟　迪

北京联合出版公司出版
（北京市西城区德外大街 83 号楼 9 层 100088）
北京联合天畅文化传播公司发行
武汉市盛宏源印务有限公司　新华书店经销
字数 130 千字　880 毫米 ×1230 毫米　1/32　5.875 印张
2024 年 7 月第 1 版　2024 年 7 月第 1 次印刷
ISBN 978-7-5596-7605-4
定价：35.00 元

代序 ——— 做真实的自己

◎ 季羡林

在人的一生中，思想感情的变化总是难免的。连寿命比较短的人都无不如此，何况像我这样寿登耄耋的老人！

我们舞笔弄墨的所谓“文人”，这种变化必然表现在文章中。到了老年，如果想出文集的话，怎样来处理这样一些思想感情前后有矛盾，甚至天翻地覆的矛盾的文章呢？这里就有两种办法。在过去，有一些文人，悔其少作，竭力掩盖自己幼年挂屁股帘的形象，尽量删削年轻时的文章，使自己成为一个一生一贯正确、思想感情总是前后一致的人。

我个人不赞成这种做法，认为这有点作伪的嫌疑。我主张，一个人一生是什么样子，年轻时怎样，中年怎样，老年又怎样，都应该如实地表达出来。在某一阶段上，自己的思想感情有了偏颇，甚至错误，绝不应加以掩饰，而应该堂堂正正地承认。这样的文章绝不应任意删削或者干脆抽掉，而应该完整地加以保留，以存真相。

在我的散文和杂文中，我的思想感情前后矛盾的现象，是颇能找出一些来的。比如对中国社会某一个阶段的歌颂，对某一个人的崇拜与歌颂，在写作的当时，我是真诚的；后来感到一点失望，我也是真诚的。这些文章，我都毫不加以删改，统统保留下来。不管现在看起来是多么幼稚，甚至多么荒谬，我都不加掩饰，目的仍然是存真。

像我这样性格的一个人，我是颇有点自知之明的。我离一个社会活动家，是有相当大的距离的。我本来希望像我的老师陈寅恪先生那样，淡泊以明志，宁静以致远，不求闻达，毕生从事学术研究，又决不是不关心国家大事，绝不是不爱国，那不是中国知识分子的传统。然而阴差阳错，我成了现在这样一个人。应景文章不能不写，写序也推托不掉，“春花秋月何时了，开会知多少”，会也不得不开。事与愿违，尘根难断，自己已垂垂老矣，改弦更张，只有俟诸来生了。

1995年3月18日

序二 ______ 我尊敬的国学大师

◎梁　衡

季羡林先生是我尊敬的国学大师，但他的贡献和意义又远在其学问之上。我尝问先生："你所治之学，如吐火罗文，如大印度佛教，于今天何用？"他肃然答道："学问不问有用无用，只问精不精。"其严谨的治学态度发人深省。此其一令人尊敬。先生学问虽专、虽深，然文风晓畅朴实，散文尤美。就是有关佛学、中外文化交流，甚至如《糖史》这些很专的学术论著也深入浅出，条分缕析。虽学富五车，却水深愈静，绝无一丝卖弄。此其二令人尊敬。先生以教授身份居校园凡六十年，然放眼天下，心忧国事。常忆季荷池畔红砖小楼，拜访时，品评人事，说到动人处，竟眼含热泪。我曾问之，最佩服者何人。答曰：

“梁漱溟。”又问再有何人。答曰：“彭德怀。”问其因，只为他们有骨气。联系“文化大革命”中，先生身陷牛棚，宁折不屈，士身不可辱，公心忧天下。此其三令人尊敬。

先生学问之衣钵，自有专业人士接而传之。然治学之志、文章之风、人格之美则应为学术界、全社会，尤其是青少年所学、所重。而这一切又都体现在先生的文章著作中。遂建议于先生全部著作中，选易普及之篇，面对一般读者，编一季文普及读本。于是有此选本问世，庶可体现初衷。

（梁衡，著名散文家。曾任国家新闻出版署副署长、人民日报社副总编辑）

序三 ______ 季羡林先生的道德文章

◎ 梁志刚

“季羡林自选集”丛书付梓在即，责编要求我写一篇序。初闻此言，颇感错愕：老朽何德何能，哪有资格为大师的文集作序？继而思之，季先生的同辈学人，已经渐去渐远，即使我的师兄师姐，也是寥若晨星。我作为先生的及门弟子和读者，同时还是先生传记的作者，谈点心得体会，作为引玉之砖，不但是必要的，而且是应该的。于是我鼓足勇气，写点一孔之见，与诸位读者交流。

说起季羡林先生的自选集，据我所知，最早是在1988年，北京师范学院出版社要求季先生自选精华，编成《季羡林学术论著自选集》。季先生从过去几十年所写的200万字的学术著作中，选出几十篇，还为这本集子写了自序。他发现，所选文章基本上都是考证方面的，这说明，自己的兴趣和能力即在于此。清代大文豪姚鼐说："天下学问之事，有义理、文章、考证三者之分，异趋而同为不可废。"

20 世纪 80 年代中期以前，季羡林的治学主要是考证。他师承陈寅恪和瓦尔德施米特，认为考证是做学问的必由之路。至于考证的方法，他十分佩服并身体力行胡适提出的"大胆的假设，小心的求证"。他认为，过去批判这两句话，批判一些人，是在极左思想的支配下，以形而上学冒充辩证法来进行的。他反对把结论当成先验的真理，不许怀疑，只准阐释，代圣人立言，为经典作注。他认为这样只能使学术堕落。他说："我过去五六十年的学术活动，走的基本上是一条考证的道路。""考证要达到什么目的呢？无非是寻求真理而已。""什么叫真理？大家的理解也未必一致。有的人心目中的真理有伦理意义。我不认为是这样。我觉得，事情是什么样子，你就说它是什么样子。这是唯物主义，同时也是真理。"要想了解季羡林是如何考证、如何寻求真理的，请读一读本丛书中的《季羡林谈佛》。

季羡林曾经多次说"不喜欢义理"。可是在 20 世纪 80 年代中后期，他在"义理"的研究方面，投入了不少的精力，取得了可喜的成果。其原因是，他看到，西方文化引领世界数百年，给人类带来前所未有的利益，同时也造成了巨大的生存危机，诸如环境污染、人口爆炸、淡水不足、气候变暖、臭氧出洞、物种灭绝、战争频发、贫富差距扩大等等。他在思考人类的出路在哪里。当然不只是季羡林，世界上有些有识之士也在考虑同样的问题。英国的汤因比对人类文明的发展趋势进行了深刻的反思，日本的池田大作在考虑如何把“战争与暴力的世纪”改造成“和平与共生的世纪”，并与季羡林展开隔空对谈。季羡林从中国古代圣贤那里受到启发，提出了“天人合一”的新解，主张人与自然和谐相处；在人与人、国与国的关系方面，主张和为贵，和而不同，建立和谐世界；在东西方文化关系方面，主张坚持“拿来”，强调“送去”，用东方的药，治西方的病；他提出“河东河西论”，大胆预言：21世纪将是中国的世纪。这些，为建立人类命运共同体理念提供了理论支撑。我们这套丛书中的《季羡林谈国学》《季羡林谈东西方文化》无疑是其代表作品。

至于文章，季羡林先生是广受读者欢迎的散文大家。他笔耕七十余载，创作散文五百余篇，其中许多是脍炙人口、清新隽永的名篇。1980年香港文学研究社出版的《季羡林选集》和1986年北京大学出版社出版的《季羡林散文集》就是较早的散文自选集。在这前一本书的跋和后一本书的自序中，他详细介绍了自己的创作过程和“惨淡经营”的创作理念。此后，各家出版单位编辑出版的季羡林散文集可以说数不胜数。记得2006年初，有一家出版社找到我，要编一本季先生的学者散文。我去医院请示季先生，季先生说：“我的散文已经出了七八种，有的还没有经过我同意。这些书大同小异，你选这几篇，他选那几篇，重复的不少。这对读者不负责任。你不要凑这个热闹。人家不编的，你编。”本套丛书大多是散文。对季先生的散文，方家评论多矣，我这里只引用林江东的评语——“季先生散文的特点是：在朴实中蕴含着优美，在静穆中饱含着热情，在飘逸秀丽中不失遒劲和锋刃，在淳朴亲切的娓娓道来中给人以强烈的震撼，在诙谐隽永的语言中蕴含着深刻的人生哲理，在行云流水般的字里行间凸显先生的人格魅力。”我认为此言不虚，读季先生的散文，确实是一种美的享受。

季羡林先生是著名翻译家，他的译著在三十卷《季羡林全集》中占三分之一。1994 年初，中国工人出版社出版了一本季羡林译著自选集。季羡林为这本《沙恭达罗——中国翻译名家自选集·季羡林卷》写了篇小引，提出了一个十分重要的原则，“不改少作，意在存真”。他说：“除了明显的错误或者错排，其余的我一概不加改动，意在存真，给历史留下些真实的影子。有的作家到了老年拼命改动自己青年和中年时代的文章，好像一个老年人想借助美容院之力把自己修饰得返老还童。我认为此举不足取。”季羡林先生是这样说的，也是这样做的。他的《清华园日记》和早年许多著述，都是以本来面目示人。令人欣喜的是，本套丛书的编者，严格遵循作者的本意，不辞辛劳追根溯源，坚决剔除某些版本的不当修饰，奉献给读者的是季先生的原玉。

季羡林先生走了，留给我们丰厚的精神遗产。印刷机轰鸣，指示灯闪烁，一套新书很快就要和读者见面了。这套书里的文章是季先生亲自挑选，出版社精心打造的；是值得认真品读，值得珍藏，传诸后世的。季羡林说：“我的工作主要是爬格子。几十年来，我已经爬出了上千万的字。这些东西都值得爬吗？我认为是值得的。我爬出的东西不见得都是精金粹玉，都是甘露醍醐，吃了能让人升天成仙，但是其中绝没有毒药，绝没有假冒伪劣，读了以后至少能让人获得点享受，能让人爱国、爱乡、爱人类、爱自然、爱儿童，爱一切美好的东西。总之一句话，能让人在精神境界中有所收益。”

季羡林被评为“感动中国”2006年度人物，评委们称赞他是“中国现代知识分子的一面旗帜和榜样”。他是如何做到的呢？在人生的最后岁月，季羡林考虑最多的是和谐。他对《人民日报》的记者说：“要想达到个人和谐的境界，需要具备两个条件，良知和良能。知是认识，能是本领。良知是基础，良能是保障，两者缺一不可。知行合一，天人合一，方能和谐。良知是什么？概括起来就是八个字——爱国、孝亲、尊师、重友，这在中国传统文化中都有。一个人如果做到了这一点，就可以说他是个人和谐了，而每一个人都和谐了，那整个社会也就和谐了。”至于良能是什么，季羡林没有说。窃以为，从事不同的行业，良能当各有特色。而对学者与教师而言，季羡林为聊城大学题写的校训“敬业、博学、求实、创新”似可概括。良知和良能的完美结合，季羡林不仅是倡导者，而且是模范的实践者。限于篇幅，我不能展开讲，只能扼要说说。

说到爱国，这是中国知识分子的传统。季羡林先生提倡的爱国，是具有世界眼光的爱国，是和国际主义相统一的爱国，不是义和团式的“爱国”。那样的“爱国”其实是害国。1931年“九一八”事变后，20岁的季羡林和清华同学躺在铁轨上拦火车，去南京请愿要求政府出兵抗日；1942年，德国当局承认汪伪政权，季羡林和张维等留学生坚决反对汉奸政府，他们不顾生死，宣布自己“无国籍”；朝鲜战争爆发后，他积极签名，捐献稿费支援抗美援朝。他的爱国，更多表现在实际工作中，融汇在本职岗位的敬业里。20世纪80年代，他担任中国敦煌吐鲁番学会会长，针对“敦煌在中国，敦煌学在日本”的说法，响亮地提出“敦煌在中国，敦煌学在世界”的口号，带领我国敦煌学者与国际学术界密切合作开展敦煌学研究，取得了骄人的业绩，他本人更是在耄耋之年学术冲刺，完成了《糖史》和《吐火罗文A(焉耆文)〈弥勒会见记剧本〉译释》两部顶尖的科学巨著，为祖国争得了荣誉。季羡林的爱国，还表现在他深谙“天下兴亡，匹夫有责”的道理，针对那场给国家民族带来巨大灾难的十年浩劫，他主张总结亿金难买的深刻教训，绝不允许悲剧重演。他用自己的切身经历，和着血和泪写成《牛棚杂忆》，一时令“洛阳纸贵”。他还发出振聋发聩的四问，不仅震撼国人心灵，而且展现了一个有良知者对祖国的拳拳赤子之心。

季羡林提倡尊师，是以爱生为前提的。作为北京大学的资深教授，季羡林对学生如亲人，他为新生看行李的故事，几乎尽人皆知。我再说几件不那么家喻户晓的事。1964年新生入学，季羡林到男生宿舍看望新生，他看见盥洗室水槽里放着几个瓦盆，就问：“怎么把尿盆放在这里？”我怯怯地说了句：“不是尿盆。”季先生没有再说什么，第二天，系学生会通知：季先生自掏腰包买了二十个搪瓷脸盆，没有脸盆的同学可以来领。我虽然没有去领盆，但心里暖暖的。1980年海淀区人民代表选举，中文系一名女学生自荐参加竞选，结果代表没有选上，反遭大字报围攻。季副校长知道这名同学承受着巨大压力，吩咐身边工作人员暗中呵护，以免发生不测。1985年新生入学，一位从广东农村来的同学没有带被褥和棉衣，季先生发动老师们为他捐钱捐布票置办被褥，还找出自己的旧棉袄给他御寒。同学们都知道，季先生学问好，人更好，所以他深受学生的爱戴和崇敬。

季羡林先生为学为人都达到了很高的境界，绝非偶然。我们读他怀念师友的文章，可清楚地发现，他从恩师陈寅恪、汤用彤、胡适和瓦尔德施米特、西克、哈隆身上传承了什么，还有鞠思敏、王寿彭、胡也频、董秋芳、吴宓、朱光潜等对他的影响和帮助，原来他是站在大师的肩膀上啊！

读季先生的书，不难看出，他一生走过曲折的路。回国后的三十多年，他是在战争和一个接一个的运动中度过的。在极左乌云压城的时候，运动来了，他不停地检讨自己“智育第一、业务至上”的“修正主义”，运动一过，就“死不悔改、我行我素”。有人会说，这是典型的“人格分裂”。我认为不是。中国的知识分子，像陈寅恪那样始终清醒的是凤毛麟角。大多数人都与季羡林遭遇类似。我们要听其言，观其行。在高压下违心或诚心地检讨是“言”，是为了“过关”。而其行，坚持“死不悔改”，坚持业务至上，坚持教书育人，才是其良知使然。而且，季羡林死守一条底线，就是只检查自己，决不攻击他人，这才是更加难能可贵的。

不仅仅如此，有人问他，一生最敬佩什么人？他回答是彭德怀和梁漱溟，由此不难窥见他的风骨。季羡林晚年，致力于中华优秀传统文化的发掘和传承，他曾多次与人讨论“侠”和“士”的问题，可惜没有来得及写成文章。这样的文章只能由后人来写了。我相信我们这个伟大民族，一定能够出现越来越多造福人类的国侠和国士。

以上体会尽管浅陋，但是我的肺腑之言。遵照季先生吩咐，

“假话全不说，真话不全说”，就此打住。我想重复一句季先生对我耳提面命的话，作为这篇序的结尾：“记住，书好不好，读者说了算。”

2023年7月30日

于北京大兴

（梁志刚，季羡林的学生，《季羡林大传》作者）

目　录

第一辑　像一个春宵的轻梦 /001

第一辑

像一个春宵的轻梦

海棠花

早晨到研究所去的路上，抬头看到人家园子里正开着海棠花，缤纷烂漫地开成一团。这使我想到自己在故乡院子里的那两棵海棠花，现在想也正是开花的时候了。

我虽然喜欢海棠花，但却似乎与海棠花无缘。自家院子里虽然就有两棵，枝干都非常粗大，最高的枝子竟高过房顶，秋后叶子落光了的时候，看到尖尖的顶枝直刺着蔚蓝悠远的天空，自己的幻想也仿佛跟着高爬上去，常常默默地看上半天；但是要到记忆里去搜寻开花时的情景，却只能搜到很少几个片段。搬过家来以前，曾在春天到原来住在这里的亲戚家里去讨过几次折枝，当时看了那开得团团滚滚的花朵，很羡慕过一番。但这已经是很久很久以前的事情，现在回忆起来都有点渺茫了。

家搬过来以后，自己似乎只在家里待过一个春天。当时开花的情景，现在已想不真切。记得有一个晚上同几个同伴在家南边一个高崖上游玩。向北看，看到一片屋顶，其中纵横穿插着一条条的空隙，是街道。虽然也可以幻想出一片海浪，但究竟单调得很。可是在这一片单调的房顶中却蓦地看到一树繁花的尖顶，绚烂得像是西天的晚霞。当时我真有说不出的高兴，其中还夹杂着一点渴望，渴望自己能够走到这树下去看上一看。于是我就按着这一条条的空隙数起来，终于发现，那就是自己家里那两棵海棠树。我立刻跑下崖头，回到家里，站在海棠树下，一直站到淡红的花团渐渐消逝到黄昏里去，只朦胧留下一片淡白。

但是这样的情景只有过一次，其余的春天我都是在北京度过的。北京是古老的都城，尽管有许多机会可以做赏花的韵事，但是自己却很少有这福气。我只到中山公园去看过芍药，到颐和园去看过一次木兰。此外，就是同一个老朋友在大毒日头下面跑过许多条窄窄的灰土街道到崇效寺去看过一次牡丹；又因为去得太晚了，只看到满地残英。至于海棠，不但是很少看到，连因海棠而出名的寺院似乎也没有听说过。北京的春天是非常短的，短到几乎没有。最初还是残冬，要是接连吹上几天大风，再一看树木都长出了嫩绿的叶子，天气陡然暖了起来，已经是夏天了。

夏天一来，我就又回到故乡去。院子里的两棵海棠已经密密层层地盖满了大叶子，很难令人回忆起这上面曾经开过团团滚滚的花。长昼无聊，我躺在铺在屋里面地上的席子上睡觉，醒来往往觉得一枕清凉，非常舒服。抬头看到窗纸上历历乱乱地布满了叶影。我间或也坐在窗前看点书，满窗浓绿，不时有一只绿色的虫子在上面慢慢地爬过去，令我幻想深山大泽中的行人。蜗牛爬过的痕迹就像是山间林中的蜿蜒的小路。就这样，自己可以看上半天。晚上吃过饭后，就搬了椅子坐在海棠树下乘凉，从叶子的空隙处看到灰色的天空，上面嵌着一颗一颗的星。结在海棠树与檐边中间的蜘蛛网，借了星星的微光，把影子投在天幕上。一切都是这样静。这时候，自己往往什么都不想，只让睡意轻轻地压上眉头。等到果真睡去半夜里再醒来的时候，往往听到海棠叶子窸窸窣窣地直响，知道外面下雨了。

似乎这样的夏天也没有能过几个，六年前的秋天，当海棠树的叶子渐渐地转成淡黄的时候，我离开故乡，来到了德国。一转眼，在这个小城里，就住了这么久。我们天天在过日子，却往往不知道日子是怎样过的。以前在一篇什么文章里读到这样一句话："我们从现在起要仔仔细细地过日子了。"当时颇有同感，觉得自己也应立刻从即时起仔仔细细地过日子了。但是过了一些时候，再一回想，仍然是有些捉摸不住，不知道日子是怎样过去的。到了德国，更是如此。我本来是下定了决心用苦行者的精神到德国来念书的，所以每天除了钻书本以外，很少想到别的事情。可是现实的情况又不允许我这样做。而且祖国又时来入梦，使我这万里外的游子心情不能平静。就这样，在幻想和现实之间，在祖国和异域之间，我的思想在挣扎着。不知道怎样一来，一下子就过了六年。

哥廷根是有名的花城。来到的第一个春天，这里花之多就让我吃惊。雪刚融化，就有白色的小花从地里钻出来。以后，天气逐渐转暖。一转眼，家家园子里都挤满了花。红的、黄的、蓝的、白的，大大小小，五颜六色，锦似的一片，都不知道是什么时候开放的。

山上树林子里，更有整树的白花。我常常一个人在暮春五月到山上去散步。暖烘烘的香气飘拂在我的四周。人同香气仿佛融而为一，忘记了花，也忘记了自己。直到黄昏才慢慢回家。但是我却似乎一直没注意到这里也有海棠花。原因是，我最初只看到满眼繁花，多半是叫不出名字。“看花苦为译秦名”，我也就不译了。因而也就不分什么花什么花，只是眼花缭乱而已。

但是，真像一个奇迹似的，今天早晨我竟在人家园子里看到盛开的海棠花。我的心一动，仿佛刚睡了一大觉醒来似的，蓦地发现，自己在这个异域的小城里住了六年了。乡思浓浓地压上心头，无法排解。

我前面说，我同海棠花无缘。现在我不知道应该怎样说好了。乡思并不是很舒服的事情。但是在这垂尽的五月天，当自己心里填满了忧愁的时候，有这么一团十分浓烈的乡思压在心头，令人感到痛苦。同时我却又有点爱惜这一点乡思，欣赏这一点乡思。它使我想到：我是一个有故乡和祖国的人。故乡和祖国虽然远在天边，但是现在它们却近在眼前。我离开它们的时间愈远，它们却离我愈近。我的祖国正在苦难中，我是多么想看到它呀！把祖国召唤到我眼前来的，似乎就是这海棠花，我应该感激它才是。

想来想去，我自己也糊涂了。晚上回家的路上，我又走过那个园子去看海棠花。它依旧同早晨一样，缤纷烂漫地开成一团。它似乎一点也不理会我的心情。我站在树下，呆了半天，抬眼看到西天正亮着同海棠花一样红艳的晚霞。

1941年5月29日于德国哥廷根

枸杞树

在不经意的时候，一转眼便会有一棵苍老的枸杞树的影子飘过。这使我困惑。最先是去追忆：什么地方我曾看见这样一棵苍老的枸杞树呢？是在某处的山里吗？是在另一个地方的一个花园里吗？但是，都不像。最后，我想到才到北平时住的那个公寓；于是我想到这棵苍老的枸杞树。

我现在还能很清晰地温习一些事情：我记得初次到北平时，在前门下了火车以后，这古老都市的影子，便像一个秤锤，沉重地压在我的心上。我迷惘地上了一辆洋车，跟着木屋似的电车向北跑。远处是红的墙，黄的瓦。我是初次看到电车的，我想，“电”不是很危险吗？后面的电车上的脚铃响了，我坐的洋车仍然在前面悠然地跑着。我感到焦急，同时，我的眼仍然“如入山阴道上，应接不暇”，我仍然看到，红的墙，黄的瓦。终于，在焦急，又因为初踏入一个新的境地而生的迷惘的心情下，折过了不知多少满填着黑土的小胡同以后，我被拖到西城的某一个公寓里去了。我仍然非常迷惘而有点近于慌张，眼前的一切都仿佛给一层轻烟笼罩起来似的，我看不清院子里的什么东西，我甚至也没有看清我住的小屋，黑夜跟着来了，我便糊里糊涂地睡下去，做了许许多多离奇古怪的梦。

虽然做了梦，但是却没有能睡得很熟，刚看到窗上有点发白，我就起来了。因为心比较安定了一点，我才开始看得清楚：我住的是北屋，屋前的小院里，有不算小的一缸荷花，四周错落地摆了几盆杂花。我记得很清楚：这些花里面有一棵仙人头，几天后，还开了很大的一朵白花。但是最惹我注意的，却是靠墙长着的一棵枸杞树，已经长得高过了屋檐，枝干苍老钩曲像千年的古松，树皮皱着，色是黝黑的，有几处已经开了裂。幼年在故乡里的时候，常听人说，枸杞是长得非常慢的，很难成为一棵树，现在居然有这样一棵虬干的老枸杞站在我面前，真像梦；梦又掣开了轻渺的网，我这是站在公寓里吗？于是，我问公寓的主人，这枸杞有多大年龄了，他也渺茫：他初次来这里开公寓时，这树就是现在这样，三十年来，没有多少变动。这更使我惊奇，我用惊奇的太息的眼光注视着这苍老的沉默的枝干，又注视着接连着树顶的蓝蓝的长天。

就这样，我每天看书乏了，就总到这棵树底下徘徊。在细弱的枝条上，蜘蛛结了网，间或有一片树叶儿或苍蝇蚊子之流的尸体粘在上面。在有太阳和灯火照上去的时候，这小小的网也会反射出细弱的清光来。倘若再走近一点，你又可以看到有许多叶上都爬着长长的绿色的虫子，在爬过的叶上留了半圆缺口。就在这有着缺口的叶片上，你可以看到各样的斑驳陆离的彩痕。对了这彩痕，你可以随便想到什么东西，想到地图，想到水彩画，想到被雨水冲过的墙上的残痕，再玄妙一点，想到宇宙，想到有着各种彩色的迷离的梦影。这许许多多的东西，都在这小的叶片上呈现给你。当你想到地图的时候，你可以任意指定一个小的黑点，算作你的故乡。再大一点的黑点，算作你曾游过的湖或山，你不是也可以在你心的深处浮起点温热的感觉吗？这苍老的枸杞树就是我的宇宙。不，这叶片就是我的全宇宙。我替它把长长的绿色的虫子拿下来，摔在地上，对了它，我描画给自己种种涂着彩色的幻想，我把我的童稚的幻想，拴在这苍老的枝干上。

在雨天，牛乳色的轻雾给每件东西涂上一层淡影。这苍黑的枝干更显得黑了。雨住了的时候，有一两个蜗牛在上面悠然地爬着，散步似的从容，蜘蛛网上残留的雨滴，静静地发着光。一条虹从北屋的脊上伸展出去，像拱桥不知伸到什么地方去了。这枸杞的顶尖就正顶着这桥的中心。不知从什么地方来的阴影，渐渐地爬过了西墙，墙隅的蜘蛛网，树叶浓密的地方仿佛把这阴影捉住了一把似的，渐渐地黑起来。只剩了夕阳的余晖返照在这苍老的枸杞树的圆圆的顶上，淡红的一片，熠耀着，俨然如来佛头顶上金色的圆光。

以后，黄昏来了，一切角隅皆为黄昏占领了。我同几个朋友出去到西单一带散步。穿过了花市，晚香玉在薄暗里发着幽香。不知在什么时候，什么地方，我曾读过一句诗：“黄昏里充满了木樨花的香。”我觉得很美丽。虽然我从来没有闻到过木樨花的香；虽然我明知道现在我闻到的是晚香玉的香。但是我总觉得我到了那种缥缈的诗意的境界似的。在淡黄色的灯光下，我们摸索着转进了黝黑的小胡同，走回了公寓。这苍老的枸杞树只剩下了一团凄迷的影子，靠了北墙站着。

跟着来的是个长长的夜。我坐在窗前读着预备考试的功课。大头尖尾的绿色小虫，在糊了白纸的玻璃窗外有所寻觅似的撞击着。不一会，一个从缝里挤进来了，接着又一个，又一个，成群地围着灯飞。当我听到卖“玉米面饽饽”戛长的永远带点儿寒冷的声音，从远处的小巷里越过了墙飘了过来的时候，我便捻熄了灯，睡下去。于是又开始了同蚊子和臭虫的争斗。在静静的长夜里，忽然醒了，残梦仍然压在我心头。倘若我听到又有悉索的声音在这棵苍老的枸杞树周围，我便知道外面又落了雨。我注视着这神秘的黑暗，我描画给自己：这枸杞树的苍黑的枝干该变黑了吧；那匹蜗牛有所趋避该匆匆地在向隐僻处爬去吧；小小的圆的蜘蛛网，该又捉住雨滴了吧，这雨滴在黑夜里能不能静静地发着光呢？我做着天真的童话般的梦。我梦到了这棵苍老的枸杞树。——这枸杞树也做梦么？第二天早起来，外面真的还在下着雨。空气里充满了清新的沁人心脾的清香。荷叶上顶着珠子似的雨滴，蜘蛛网上也顶着，静静地发着光。

在如火如荼的盛夏转入初秋的澹远里去的时候，我这种诗意的又充满了稚气的生活，终于也不能继续下去。我离开这公寓，离开这苍老的枸杞树，移到清华园里来。到现在差不多四年了。这园子素来是以水木著名的。春天里，满园里怒放着红的花，远处看，红红的一片火焰。夏天里，垂柳拂着地，浓翠扑上人的眉头。秋天里，红霞般的爬山虎给冷清的深秋涂上一层凄艳的色彩。冬天里，白雪又把这园子安排成为一个银的世界。在这四季，又都有西山的一层轻渺的紫气，给这园子添了不少的光辉。这一切颜色——红的，翠的，白的，紫的，混合地涂上了我的心，在我心里幻成一幅绚烂的彩画。我做着红色的，翠色的，白色的，紫色的，各样颜色的梦。论理说起来，我在西城的公寓做的童话般的梦，早该被挤到不知什么地方去了。但是，我自己也不了解，在不经意的时候，总有一棵苍老的枸杞树的影子飘过。飘过了春天的火焰似的红花；飘过了夏天的垂柳的浓翠；飘过了红霞似的爬山虎，一直到现在，是冬天，白雪正把这园子装成银的世界。混合了氤氲的西山的紫气，静定在我的心头。在一个浮动的幻影里，我仿佛看到：有夕阳的余晖返照在这棵苍老的枸杞树的圆圆的顶上，淡红的一片，熠耀着，像如来佛头顶上的金光。

1933年12月8日雪之下午

芝兰之室

我喜欢绿色的东西，我觉得，绿色是生命的颜色，即使是在冬天，我在屋里总要摆上几盆花草，如君子兰之类。旧历元日前后，我一定要设法弄到几盆水仙，眼睛里看到的是翠绿的叶子，鼻子里闻到的是氤氲的幽香，我顾而乐之，心旷神怡。

今年当然不会是例外。友人送给我几盆水仙，摆在窗台上。下面是一张极大的书桌，把我同窗台隔开。大概是由于距离远了一点，我只见绿叶，不闻花香，颇以为憾。

今天早晨，我一走进书房，蓦地一阵浓烈的香气自透鼻官。我愕然一愣，刹那间，我意识到，这是从水仙花那里流过来的。我坐下，照例爬我的格子。我在潜意识里感到，既然刚才能闻到花香，这就证明，花香是客观存在着的，而且还不会是瞬间的而是长时间的存在。可是，事实上，在那愕然一愣之后，水仙花香神秘地消逝了，我鼻子再也闻不到什么了。

这是什么原因呢？

我又陷入了想入非非中。

中国古代《孔子家语》中就有几句话：“与善人居，如入芝兰之室，久而不闻其香，即与之化矣。”我在这里关心的不是“化”与“不化”的问题，而是“久而不闻其香”。刚才水仙花给我的感受，就正是“久而不闻其香”。可见这样的感受，古人早已经有了。

我常幻想，造化小儿喜欢要点“小”——也许是“大”——聪明，给人们开点小玩笑。他（它，她？）给你以本能，让你舌头知味，鼻子知香。但是，又不让你长久地享受，只给你一瞬间，然后复归于平淡，甚至消逝。比如那一位“老佛爷”慈禧，在宫中时，瞅见燕窝、鱼翅、猴头、熊掌，一定是大皱其眉头。然而，八国的“老外”来到北京，她仓皇西逃，路上吃到棒子面的窝头，味道简直赛过龙肝凤髓，认为是从未尝过的美味。她回到北京宫中以后，想再吃这样的窝头，可普天之下再也找不到了。

造化小儿就是使用这样的手法，来实施一种平衡的策略，使美味佳肴与粗茶淡饭，使帝后显宦与平头老百姓，等等，都成为相对的东西，都受时间与地点的约束。否则，如果美味对一个人来说永远美，那么帝后显宦们的美食享受不是太长了吗？在芸芸众生中间不是太不平衡了吗？

对鼻官来说，水仙花还有芝兰的香气也只能作如是观，一瞬间，你获得了令人吃惊的美感享受；又一瞬间，香气虽然仍是客观存在，你的鼻子却再也闻不到了。

造化小儿玩的就是这一套把戏。

1998年2月1日

从南极带来的植物

小友兼老友唐老鸭（师曾）自南极归来。在北大为我举行九十岁华诞庆祝会的那一天，他来到了北大，身份是记者。全身披挂，什么照相机，录像机，这机，那机，我叫不出名堂来的一些机，看上去至少有几十斤重，活灵活现地重现海湾战争孤身采访时的雄风。一见了我，在忙着拍摄之余，从裤兜里掏出来一个信封，里面装着什么东西，郑重地递了给我。信封上写着几行字：

祝季老寿比南山

南极长城站的植物，每100年长一毫米，此植物已有6000岁。

唐老鸭敬上

这几行字真让我大吃一惊，手里的分量立刻重了起来。打开信封，里面装着一株长在仿佛是一块铁上面的“小草”。当时祝寿会正要开始，大厅里挤满了几百人，熙来攘往，拥拥挤挤，我没有时间和心情去仔细观察这一株小草。

夜里回到家里，时间已晚，没有时间和精力把这一株“仙草”拿出来仔细玩赏。第二天早晨才拿了出来。初看之下，觉得没有什么稀奇之处，这不就是一棵平常的“草”嘛，同我们这里遍地长满了的野草从外表上来看差别并不大。但是，当我擦了擦昏花的老眼再仔细看时，它却不像是一株野草，而像是一棵树，具体而微的树，有干有枝。枝子上长着一些黑色的圆果。我眼睛一花，原来以为是小草的东西，蓦地变成了参天大树，树上搭满鸟巢。树扎根的石块或铁块一下子变成了一座大山，巍峨雄奇。但是，当我用手一摸时，植物似乎又变成了矿物，是柔软的能屈能折的矿物。试想这一棵什么物从南极到中国，飞越千山万水，而一枝叶条也没有断，至今在我的手中也是一丝不断，这不是矿物又是什么呢？

我面对这一棵什么物，脑海里疑团丛生。

是草吗？不是。

是树吗？也不是。

是植物吗？不像。

是矿物吗？也不像。

它究竟是什么东西呢？我说不清楚。我只能认为它是从南极万古冰原中带来的一个奇迹。既然唐老鸭称之为植物，我们就算它是植物吧。我也想创造两个新名词：像植物一般的矿物，或者像矿物一般的植物。英国人有一个常用的短语：at one's wits' end，“到了一个人智慧的尽头”，我现在真走到了我的智慧的尽头了。

在这样智穷力尽的情况下，我面对这一个从南极来的奇迹，不禁浮想联翩。首先是它那六千年的寿命。在天文学上，在考古学上，在人类生活中，六千是一个很小的数目，没有什么值得大惊小怪的地方。但是，在人类有了文化以后的历史上，在国家出现的历史上，它却是一个很大的数目。中国满打满算也不过说有五千年的历史。连那一位玄之又玄的老祖宗黄帝，据一般词典的记载，也不过说他约生在公元前26世纪，距今还不满五千年。连世界上国家产生比较早的国家，比如埃及和印度，除了神话传说以外，也达不到六千年。我想，我们可以说，在这一株“植物”开始长的时候，人类还没有国家。说是“宇宙洪荒”，也许是太过了一点。但是，人类的国家，同它比较起来，说是瞠乎后矣，大概是可以的。

想到这一切，我面对这一株不起眼儿的“植物”，难道还能不惊诧得瞠目结舌吗？

再想到人类的寿龄和中国朝代的长短，更使我的心进一步地震动不已。古人诗说：“人生不满百，常怀千岁忧。”在过去，人们总是互相祝愿“长命百岁”。对人生来说，百岁是长极长极了的。然而南极这一株“植物”在一百年内只长一毫米。中国历史上最长的朝代是周代，约有八百年之久。在这八百年中，人间发生了多么大的变动呀。春秋和战国都包括在此期间。百家争鸣，何等热闹。云谲波诡，何等奇妙。然而，南极这一株“植物”却在万古冰原中，沉默着，忍耐着，只长了约八毫米。周代以后，秦始皇登场，修筑了令全世界惊奇的长城。接着登场的是赫赫有名的汉祖、唐宗等等一批人物，半生征战，铁马金戈，杀人盈野，血流成河。一直到了清代末叶，帝制取消，军阀混战，最终是建成了中华人民共和国。两千多年的历史，千头万绪的史实，五彩缤纷，错综复杂，头绪无数，气象万千，现在大学里讲起中国通史，至少要讲上一学年，还只能讲一个轮廓。倘若细讲起来，还需要断代史，以及文学、哲学、经济、艺术、宗教、民族等等的历史。至于历史人物，则有的成龙，有的成蛇；有的流芳千古，有的遗臭万年，成了人们茶余酒后谈古论今的对象。在这两千多年的漫长悠久的岁月中，赤县神州的花花世界里演出了多少幕悲剧、喜剧、闹剧；然而，这一株南极的“植物”却沉默着、忍耐着只长了两厘米多一点。多么艰难的成长呀！

想到这一切，我面对这一株不起眼儿的“植物”难道还能不惊诧得瞠目结舌吗？

我们的汉语中有“目击者”一个词儿，意思是“亲眼看到的人”。我现在想杜撰一个新名词儿“准目击者”，意思是“有可能亲眼看到的人或物”。“物”分动植两种，动物一般是有眼睛的，有眼就能看到。但是，植物并没有眼睛，怎么还能“击”（看到）呢？我在这里只是用了一个诗意的说法，请大家千万不要“胶柱鼓瑟”地或者“刻舟求剑”地去推敲，就说是植物也能看见吧。孔子是中国的圣人，是万世师表，万人景仰。到了今天，除了他那峨冠博带的画像之外，人类或任何动物决不会有孔子的目击者。植物呢，我想，连四川青城山上的那一株老寿星银杏树，或者陕西黄帝陵上那一些十几个人合抱不过来的古柏，也不会是孔子的目击者。然而，我们这一株南极的“植物”却是有这个资格的，孔子诞生的时候它已经有三千多岁了。对它来说，孔子是后辈又后辈了。如果它当时能来到中国，“目击”孔子不是轻而易举的事情吗？

我不是生物学家，没有能力了解，这一株“植物”究竟是什么东西，我也没有向唐老鸭问清楚：在南极有多少像这样的“植物”？如果有多种的话，它们是不是都是六千岁？如果不是的话，它们中最老的有几千岁？这样的“植物”还会不会再长？这样一系列的问题萦绕在我脑海中。我感兴趣的问题是，我眼前的这一株“植物”，身高六厘米，寿高六千岁。如果它或它那些留在南极的伙伴还继续长的话，再过六千年，也不过高一分米二厘米，仍然是一株不起眼儿的可怜兮兮的“植物”，难登大雅之堂。然而，今后的六千年却大大地不同于过去的六千年了。就拿过去一百年来看吧，科技发展，日新月异，过去连想都不敢想的事情，现在做到了；过去认为是幻想的东西，现在现实了。人类在太空可以任意飞行，连嫦娥的家也登门拜访到了。到了今天，更是分新秒异，谁也不敢说，新的科技将会把我们带向何方。一百年尚且如此，谁还敢想象六千年呢？到了那时候人类是否已经异化为非人类，至少是同现在的人类迥然不同的人类，谁又敢说呢？

想到这一切，念天地之悠悠，后不见来者，我面对这一株不起眼儿的“植物”，我只能惊诧得瞠目结舌了。

2001年7月2日

喜　雨

我是农民的儿子。在过去，农民是靠天吃饭的，雨是绝对不能缺少的。因此，我从识之无的时候起，就同雨结下了剪不断理还乱的深厚的感情。

今年，北京缺雨，华北也普遍缺雨，我心急如焚。我窗外自己种的那一棵玉兰花开花的时候，甚至于到大觉寺去欣赏那几棵声名传遍京华的二三百年的老玉兰树开花的时候，我的心情都有点矛盾。我实在喜欢眼前的繁花。大觉寺我来过几次，但是玉兰花开得像今天这样，还从来没有见过。借用张锲同志一句话："一看到这开成一团的玉兰花，眼前立刻亮了起来。"好一个"亮"字，亏他说得出来。但是，我忽然想到，春天里的一些花最怕雨打。我爱花，又盼雨，两者是鱼与熊掌的关系，不可得而兼也。

我究竟何从呢，我之进退，实为狼狈。经过艰苦的“思想斗争”，我毅然决然下了结论：我宁肯要雨。

在多日没有下过滴雨之后，我今天早晨刚在上面搭上铁板的阳台上坐定，头顶上铁板忽然清脆地响了一声：是雨滴的声音。我的精神一瞬间立即抖擞起来，“漫卷诗书喜欲狂”，立即推开手边稿纸，静坐谛听起来。铁板上，从一滴雨声起，清脆的响声渐渐多了起来，后来混成一团，连“大珠小珠落玉盘”也无法描绘了。此时我心旷神怡，浮想联翩。

我抬头看窗外，首先看到的就是那一棵玉兰花树，此时繁花久落，绿叶满枝。我仿佛听到在雨滴敲击下左右翻动的叶子正在那里悄声互相交谈：“伙计们！尽量张开嘴巴吮吸这贵如油的春雨吧！”我甚至看到这些绿叶在雨中跳起了华尔兹舞，舞姿优美整齐。我头顶上铁板的敲击声仿佛为它们的舞步伴奏。可惜我是一个舞盲，否则我也会破窗而出，同这些可爱的玉兰树叶共同翩跹起舞。

眼光再往前挪动一下，就看到了那一片荷塘。此时冬天的坚冰虽然久已融化，垂柳鹅黄，碧水满塘，连“小荷才露尖尖角”的时候还没有到。但是，我仿佛有了“天眼通”，看到水面下淤泥中嫩莲已经长出了小芽。这些小芽眼前还浸在水中。但是，它们也感觉到了上面水面上正在落着雨滴，打在水面上，形成了一个个的小而圆的漩涡。如果有摄影家把这些小漩涡摄下，这也不失为宇宙中的一种美，值得美学家们用一些只有他们才能懂的恍兮惚兮的名词来探讨甚至争论一番的。小荷花水底下的嫩芽我相信是不懂美学的，但是，它们懂得要生存，要成长。水面上雨滴一敲成小漩涡，它们立即感觉到了，它们也精神抖擞起来，互相鼓励督促起来：“伙伴们！拿出自己的劲头来，快快长呀！长呀！赶快长出水面，用我们自己的嘴吮吸雨滴。我们去年开花一千多朵，引起了燕园内外一片普遍热烈的赞扬声。今年我们也学一下时髦的说法，来它一个可持续发展，开上它两三千朵，给燕园内外的人士一个更大的惊异！”合着头顶上的敲击声，小荷的声音仿佛清晰可闻，给我喜雨的心情增添了新鲜的活力。

我浮想联翩，幻想一下飞出了燕园，飞到了我的故乡，我的故乡现在也是缺雨的地方。一年前，我曾回过一次故乡，给母亲扫墓。我六岁离开母亲，一别就是八年。母亲倚闾之情我是能够理解一点的，但是我幻想，在我大学毕业以后，经济能独立了，然后迎养母亲。然而正如古人所说的：“树欲静而风不止，子欲养而亲不待。”大学二年级时，母亲永远离开了我，只留得面影迷离，入梦难辨，风木之悲伴随了我一生。我漫游世界，母亲迷离的面影始终没有离开过我。我今天已至望九之年，依然常梦见母亲，痛哭醒来，泪湿枕巾。

我离家的时候，家里已经穷得揭不开锅。但不知为什么，母亲偏有二三分田地。庄稼当然种不上，只能种点绿豆之类的东西。我三四岁的时候，曾跟母亲去摘过豆角。不管怎样，总是有了点土地。有了土地就同雨结了缘，每到天旱，我也学大人的样子，盼望下雨，翘首望天空的云霓。去年和今年，偏又天旱。在扫墓之后，在泪眼迷离中，我抬头瞥见坟头几棵干瘪枯黄的杂草，在风中摆动。我蓦地想到躺在下面的母亲，她如有灵，难道不会为她生前的那二三分地担忧吗？我痛哭欲绝，很想追母亲于地下。现在又凭空使我忧心忡忡。我真想学习一下宋代大诗人陆游的“碧章夜奏通明殿，乞借春阴护海棠”，我是乞借春雨护禾苗。

幻想一旦插上了翅膀，就决不会停止飞翔。我的幻想，从燕园飞到了故乡，又从故乡飞越了千山万水，飞到了非洲。我曾到过非洲许多国家，我爱那里的人民，我爱那里的动物和植物。我从电视中看到，非洲的广大地区也在大旱，土地龟裂，寸草不生。狮子、老虎、大象、斑马等等一大群野兽，在干旱的大地上，到处奔走，寻找一点水喝，一丛草吃，但都枉然，它们什么也找不到，有的就倒毙在地上。看到这情景，我心里急得冒烟，但却束手无策。中国的天老爷姓张，非洲的天老爷却不知姓字名谁，他大概也不住在什么通明殿上。即使我写了碧章，也不知向哪里投递。我苦思苦想，只有再来一次“碧章夜奏通明殿”，请我们的天老爷把现在下着的春雨，分出一部分，带着全体中国人民的深情厚谊，分到非洲去降，救活那里的人民、禽、兽，还有植物，使普天之下共此甘霖。

我的幻想终于又收了回来，我兀坐在阳台上，谛听着头顶上的铁板被春雨敲得叮当作响，宛如天上宫阙的乐声。

1998年4月23日

听　雨

从一大早就下起雨来。下雨，本来不是什么稀罕事儿，但这是春雨，俗话说："春雨贵如油。"而且又在罕见的大旱之中，其珍贵就可想而知了。

"润物细无声"，春雨本来是声音极小极小的，小到了"无"的程度。但是，我现在坐在隔成了一间小房子的阳台上，顶上有块大铁皮。楼上滴下来的檐溜就打在这铁皮上，打出声音来，于是就不"细无声"了。按常理说，我坐在那里，同一种死文字拼命，本来应该需要极静极静的环境，极静极静的心情，才能安下心来，进入角色，来解读这天书般的玩意儿。这种雨敲铁皮的声音应该是极为讨厌的，是必欲去之而后快的。

然而，事实却正相反。我静静地坐在那里，听到头顶上的雨滴声，此时有声胜无声，我心里感到无量的喜悦，仿佛饮了仙露，吸了醍醐，大有飘飘欲仙之慨了。这声音时慢时急，时高时低，时响时沉，时断时续，有时如金声玉振，有时如黄钟大吕，有时如大珠小珠落玉盘，有时如红珊白瑚沉海里，有时如弹素琴，有时如舞霹雳，有时如百鸟争鸣，有时如兔落鹘起，我浮想联翩，不能自已，心花怒放，风生笔底。死文字仿佛活了起来，我也仿佛又溢满了青春活力。我平生很少有这样的精神境界，更难为外人道也。

在中国，听雨本来是雅人的事。我虽然自认还不是完全的俗人，但能否就算是雅人，却还很难说。我大概是介乎雅俗之间的一种动物吧。中国古代诗词中，关于听雨的作品是颇有一些的。顺便说上一句：外国诗词中似乎少见。我的朋友章用回忆表弟的诗中有“频梦春池添秀句，每闻夜雨忆联床”，是颇有一点诗意的。连《红楼梦》中的林妹妹都喜欢李义山的“留得残荷听雨声”之句。最有名的一首听雨的词当然是宋蒋捷的《虞美人》，词不长，我索性抄它一下：

少年听雨歌楼上，红烛昏罗帐。壮年听雨客舟中，江阔云低、断雁叫西风。

而今听雨僧庐下，鬓已星星也。悲欢离合总无情。一任阶前、点滴到天明。

蒋捷听雨的心情，是颇为复杂的。他是用听雨这一件事来概括自己的一生的，从少年、壮年一直到老年，达到了“悲欢离合总无情”的境界。但是，古今对老的概念，有相当大的悬殊。他是“鬓已星星也”，有一些白发，看来最老也不过五十岁左右。用今天的眼光看，他不过是介乎中老之间，同我自己比起来，我已经到了望九之年，鬓边早已不是“星星也”，顶上已是“童山濯濯”了。要讲达到“悲欢离合总无情”的境界，我比他有资格。我已经能够“纵浪大化中，不喜亦不惧”了。

可我为什么今天听雨竟也兴高采烈呢？这里面并没有多少雅味，我在这里完全是一个“俗人”。我想到的主要是麦子，是那辽阔原野上的青春的麦苗。我生在乡下，虽然六岁就离开，谈不上干什么农活，但是我拾过麦子，捡过豆子，割过青草，劈过高粱叶。我血管里流的是农民的血，一直到今天垂暮之年，毕生对农民和农村怀着深厚的感情。农民最高希望是多打粮食。天一旱，就威胁着庄稼的成长。即使我长期住在城里，下雨一少，我就望云霓，自谓焦急之情，决不下于农民。北方春天，十年九旱。今年似乎又旱得邪行。我天天听天气预报，时时观察天上的云气。忧心如焚，徒唤奈何。在梦中也看到的是细雨蒙蒙。

今天早晨，我的梦竟实现了。我坐在这长宽不过几尺的阳台上，听到头顶上的雨声，不禁神驰千里，心旷神怡。在大大小小、高高低低，有的方正、有的歪斜的麦田里，每一个叶片都仿佛张开了小嘴，尽情地吮吸着甜甜的雨滴，有如天降甘露，本来有点黄萎的，现在变青了。本来是青的，现在更青了。宇宙间凭空添了一片温馨，一片祥和。

我的心又收了回来，收回到了燕园，收回到了我楼旁的小山上，收回到了门前的荷塘内。我最爱的二月兰正在开着花。它们拼命从泥土中挣扎出来，顶住了干旱，无可奈何地开出了红色的、白色的小花，颜色如故，而鲜亮无踪，看了给人以孤苦伶仃的感觉。在荷塘中，冬眠刚醒的荷花，正准备力量向水面冲击。水当然是不缺的，但是，细雨滴在水面上，画成了一个个的小圆圈，方逝方生，方生方逝。这本是人类中的诗人所欣赏的东西，小荷花看了也高兴起来，劲头更大了，肯定会很快地钻出水面。

我的心又收近了一层，收到了这个阳台上，收到了自己的脑子里，头顶上叮当如故，我的心情怡悦有加。但我时时担心，它会突然停下来。我潜心默祷，祝愿雨声长久响下去，响下去，永远也不停。

1995年4月13日

咪咪二世

凌晨四时，如在冬天，夜气犹浓，黑暗蔽空。我起床，打开电灯，拉开窗帘，玻璃窗外窗台上两股探照灯似的红光正对准我射过来。我知道，小猫咪咪二世已等我给她开门了。

我连忙拿起手电筒，开门，走到黑暗的楼道里，用电筒对着黑暗的门外闪上两闪。立即有一股白烟似的东西，窜到我的脚下，用浑身白而长的毛蹭我的腿，用嘴咬我的裤腿，用软软的爪子挠我的脚，使我步都迈不开。看样子真好像是多年未见了。实际上昨天晚上我才开门放她出去的。进屋以后，我给它极小一块猪肝或牛肉。它心满意足了，跳上电冰箱的顶，双眼一眯，呼噜呼噜念起经来了。

多少年来，我一日之计就是这样开始的。

“咪咪”就完事了，为什么还要加上“二世”？原来我养过一只纯白的波斯猫，后来寿限已到，不知道寿终什么寝了。她的名字叫咪咪。她的死让我非常悲哀，我发誓要找一只同样毛长尾粗的波斯猫。皇天不负有心人，后来果然找到了。为了区别于它的前任，我仿效秦始皇的办法，命名为“二世”。是不是也蕴含着一点传之万世而无穷的意思呢？没有。咪咪和我都没有秦始皇那样的雄才大略。

不管怎样，咪咪二世已经成了我每天的不太多的喜悦的源泉。在白天，我看书写作一疲倦，就往往到楼外小山下池塘边去散一会步。这时候，忽然出我意料，又有一股白烟从草丛里，从野花旁，蓦地窜了出来，用长而白的毛蹭我的腿，用嘴咬我的裤腿，用软软的爪子挠我的脚，使我步都迈不开。我努力迈步向前走，它就跟在我身后，陪我散步。山上，池边，我走到哪里，它跟到哪里。据有经验的老人说，只有狗才跟人散步，猫是决不肯干的。可是我们的咪咪二世却敢于打破猫们的旧习，成为猫世界的“叛逆的女性”。于是，小猫跟季羡林散步，就成为燕园的一奇。可惜宣传跟不上，否则，这一奇景将同英国王宫卫队换岗一样，名扬世界了。

1993年12月13日

兔　子

不记得是什么时候，大概总在我们全家刚从一条满铺了石头的古旧的街的北头搬到南头以后，我有了三只兔子。

说起兔子，我从小就喜欢的。在故乡里的时候，同村的许多的家里都养着一窝兔子。在地上掘一个井似的圆洞，不深，在洞底又有向旁边通的小洞。兔子就住在里面。不知为什么，我们却总不记得家里有过这样的洞。每次随了大人往别的养兔子的家里去玩的时候，大人们正在扯不断拉不断絮絮地谈得高兴的当儿，我总是放轻了脚步走到洞口，偷偷地向里瞧——兔子正在小洞外面徘徊着呢。有黑白花的，有纯黑的。我顶喜欢纯白的，因为眼睛红亮得好看。透亮的长耳朵左右摇摆着。嘴也仿佛战栗似的颤动着，在嚼着菜根什么的。蓦地看见人影，都迅速地跑进小洞去了，像一溜溜的白色黑色的烟。倘若再伏下身子去看，在小洞的薄暗里，便只看见一对对的莹透的宝石似的眼睛了。

在我走出了童年以前的某一个春天，记得是刚过了年，因为一种机缘的凑巧，我离开故乡，到一个以湖山著名的都市里去。从栉比的高的楼房的空隙里，我只看到一线蓝蓝的天，这哪里像故乡里锅似的覆盖着的天呢？我看不到远远的笼罩着一层轻雾的树。我看不到天边上飘动的水似的云烟。我嗅不到土的气息。我仿佛住在灰之国里。终日里，我只听到闹嚷嚷的车马的声音。在半夜里，还有小贩的咽声从远处的小巷里飘了过来。我是地之子，我渴望着再回到大地的怀里去。当时，小小的心灵也会感到空漠的悲哀吧。但是，最使我不能忘怀的，占据了我的整个的心的，却还是有着宝石似的眼睛的故乡里的兔子。

也不记得是几年以后了，总之是在秋天，叔父从望口山回家来，仆人挑了一担东西。上面是用蒲包装的有名的肥桃，下面有一个木笼。我正怀疑木笼里会装些什么东西，仆人已经把木笼举到我的眼前了——战栗似的颤动着的嘴，透亮的长长的耳朵，红亮的宝石似的眼睛……这不正是我梦寐渴望的兔子吗？记得他临到望口山去的时候，我曾向他说过，要他带几个兔子回来。当时也不过随意一说，现在居然真带来了。这仿佛把我拉回了故乡里去。我是怎么狂喜呢？笼里一共有三只：一只大的，黑色，像母亲；两只小的，白色。我立刻舍弃了美味的肥桃，东跑西跑，忙着找白菜，找豆芽，喂它们。我又替它们张罗住处，最后就定住在我的床下。

童年在故乡里的时候，伏在别人的洞口上，羡慕人家的兔子，现在居然也有三只在我的床下了。对我，这简直比童话还不可信。最初，才从笼里放出来的时候，立刻就有猫挤上来。兔子仿佛很胆怯，伏在地上，不敢动。耳朵紧贴在头上，只有嘴颤动得更厉害。把猫赶走了，才慢慢地试着跑。我一转眼，大的早领着两只小的躲在花盆后面了。再一转眼，早又跑到床下面去了。有了兔子以后的第一个夜里，我躺在床上，辗转着睡不沉，听兔子在床下嚼着豆芽的声音，我仿佛浮在云堆里。已经忘记了做过些什么样的梦了。

就这样，我的床下面便凭空添了三个小生命。每当我坐在靠窗的一张桌子的旁边读书的时候，兔子便偷偷地从床下面踱出来，没有一点声音。我从书页上面屏息地看着它们。——先是大的一探头，又缩回去；再一探头，走出来了，一溜黑烟似的。紧随着的是两只小的，都白得像一团雪，眼睛红亮，像——我简直说不出像什么。像玛瑙吗？比玛瑙还光莹。就用这小小的红亮的眼睛四面看着，走到从花盆里垂出的拂着地的草叶下面，嘴战栗似的颤动几下，停一停，走到书架旁边，嘴战栗似的颤动几下，停一停，走到小凳下面。嘴战栗似的颤动几下，停一停。忽然我觉得有软茸茸的东西靠上了我的脚了。我知道是小兔正伏在我的脚下。我忍耐着不敢动。不知怎的，腿忽然一抽。我再看时，一溜黑烟，两溜白烟，兔子都藏到床下面去。伏下身子去看，在床下面暗黑的角隅里，便只看见莹透的宝石似的一对对的眼睛了。

是秋天，前面已经说过，我住的屋的窗外有一棵海棠树。以前常听人说，兔子是顶孱弱的，猫对它便是个大的威胁。在兔子没来我床下面住以前，屋里也常有猫的踪迹。门关严了的时候，这棵海棠树就成了猫来我屋里的路。自从有了兔子以后，在冷寂的秋的长夜里，我常常无所谓的蓦地醒转来。——窗外风吹着落叶，窸窣地响，我疑心是猫从海棠树上爬上了窗子。绵连的夜雨击着落叶，窸窣地响，我又疑心是猫爬上了窗子。我静静地等着，不见有猫进来。低头看时，兔子正在地上来回地跑着，在微明的灯光里，更像一溜溜的黑烟和白烟了。眼睛也更红亮得像宝石了。当我正要蒙眬睡去的时候，恍惚听到"咪"的一声，看窗子上破了一个洞的地方，正有两颗灯似的眼睛向里瞅着。

第二天早晨起来，第一件要做的事情，就是伏下头去看，兔子丢了没有。看到两个小兔两团白絮似的偎在大的身旁熟睡的时候，心里仿佛得到点安慰。过了一会，再回到屋里来读书的时候，又可以看到它们在脚下来回地跑了。其实并没有什么声息，屋里总仿佛充满了生气与欢腾似的。周围的空气，也软浓浓地变得甜美了。兔子也渐渐不胆怯起来。看见我也不很躲避了。第一次一个小兔很驯顺地让我抚摸的时候，我简直欢喜得流泪呢。

倘若我的记忆靠得住的话，大约总有半个秋天，就在这样的颇有诗意的情况里度过去。我还能模模糊糊地记得：兔子才在笼里装来的时候，满院子都挤满了花。我一闭眼，还能看到当时院子里飘动的那一层淡淡的绿色。兔子常从屋里跑出来，到花盆缝里去玩，金鱼缸里的子午莲还仿佛从水面上突出两朵白花来，只依稀有一点影。这记忆恐怕靠不大住了。随了这绿色，这金鱼缸，我又能看到靠近海棠树的涂上了红油绿油的窗子嵌着一方不小的玻璃，上面有雨和土的痕迹。窗纸上还粘着几条蜘蛛丝，窗子里面就是我的书桌，再往里，就是床，兔子就住在床下面……这一切都仿佛在眼前浮动。但又像烟，像雾，眼看就要幻化到空蒙里去了。

我不是说大概过了有半个秋天吗？——等到院子里的花草渐渐地减少了，立刻显得很空阔。落叶却在阶下多起来，金鱼缸里早没了水。天更蓝，更长；澹远的秋有转入阴沉的冬的样儿了。就在这样一个蓝天的早晨，我又照例伏下身子，去看兔子丢了没有。——奇怪，床下面空空的，仿佛少了什么东西似的。再仔细看，只看到两个小兔凄凉地互相偎着睡。它们的母亲跑到哪里去了呢？我立刻慌了。汗流遍了全身。本来，几天以来，大兔子的胆更大了，常常自己偷跑到天井里去。这次恐怕又是自己偷跑出去了吧。但各处，屋里，屋外，都找到了，没有影，回头又看到两个小兔子偎在我的脚下，一种莫名其妙的凄凉袭进了我的心。我哭了，我是很早就离开母亲的。我时常想到她。我感到凄凉和寂寞。看来这两个小兔子也同我一样地感到凄凉和寂寞吧。我没地方倾诉，除非在梦里，小兔子又向哪里，而且又怎样倾诉呢？——我又哭了。

起初，我还有希望，我希望大兔子会自己跑回来，蓦地给我一个大的欢喜。但是一天一天地过去，我这希望终于成了泡影。我却更爱这两个小兔子了。以前我爱它们，因为它们红亮的眼睛，雪絮似的软毛。这以后的爱里，却掺入了同情。有时我还想拿我的爱抚来弥补它们失掉母亲的悲哀。但这哪是可能的呢？眼看它们渐渐消瘦了下去。在屋里跑的时候也不像以前那样轻快了。时常偎到我的脚下来。我把它们抱在怀里，也驯顺地伏着不动。当我看到它们踽蹒地走开的时候，小小的心真的充满了无名的悲哀呢！

这样的情况也没能延长多久，两三天以后，我忽然发现在屋里跑着的只有一个兔子，那个同伴到哪里去了呢？我又慌了，又各处地找到：墙隅，桌下，又在天井里各处找，低声唤着，落叶在脚下索索地响。终于，没有影。当我看到这剩下的一个小生命孤独地踱着的时候，再听檐边秋天特有的风声，眼泪又流下来了。——它在找它的母亲吗？找它的兄弟吗？为什么连叹息一声也不呢？宝石似的眼睛里也仿佛含着晶莹的泪珠了。夜里，在微明的灯光下，我不见它在床下沉睡；它只是不停地在屋里跑着。这冷硬的土地，这漫漫的秋的长夜，没有母亲，没有兄弟偎着，凄凉的冷梦萦绕着它。它怎能睡得下去呢？

第二天的早晨，天更蓝，蓝得有点古怪。小屋里照得通明，小兔在我眼前跑过的时候，洁白的茸毛上，仿佛有一点红，一闪，我再看，就在透明红润的耳朵旁边，发现一点血痕——只一点，衬了雪白的毛，更显得红艳，像鸡血石上的斑，像西天一点晚霞。我却真有点焦急了。我听人说，兔子只要见血，无论多少一滴，就会死去的。这剩下的一个没有母亲，没有兄弟的孤独的小生命也要死去吗？我不相信，这比神话还渺茫，然而摆在眼前的却就是那一点红艳的血痕，怎样否认呢？我把它抱了起来，它仿佛也知道有什么不幸要临到它身上，只伏在我的怀里，不动，放下，也不大跑了。就在这天的末尾，在黄昏的微光里，当我再伏下头去看床下的时候，除了一堆白菜和豆芽之外，什么也看不到了。我各处找了找，也没找到什么。我早知道有什么事情要发生。而且，我也想：这样也倒好的。不然，孤零零的一个活在这世界上，得不到一点温热，在凄凉和寂寞的袭击下，这长长的一生又怎样消磨呢？我不哭，但是眼泪却流在肚子里去了，悲哀沉重地压在心头，我想到了故乡里的母亲。

就这样，半个秋天以来，在我床下面跑出跑进的三个兔子一个都不见了。我再坐在靠窗的桌子旁读书的时候，从书页上面，什么都看不到了。从有着风和雨的痕迹的玻璃窗里望出去：海棠树早落净了叶子，只剩下秃光的枝干，撑着晴晴的秋的长空。夜里，我再听到外面，窸窸窣窣地响的时候，我又疑心是猫。我从蒙眬中醒转来，虽然有时也会在窗洞里看到两盏灯似的圆圆的眼睛，但是看床下的时候，却没有兔子来回地踱着了。眼一花，便会看到满地历乱的影子，一溜黑烟，一溜白烟，再仔细看，有什么呢？什么也没有，只有暗淡的灯照彻了冷寂的秋夜，外面又窸窣地响，是雨吧？冷冽，寂寞，混上了一点轻微空漠的悲哀，压住了我的心。一切都空虚。我能再做什么样的梦呢？

1934年2月16日

火车上观日出

在晨光熹微中，我走出了卧铺车厢，走到了列车的走廊上。猛一抬头，我的全身连我的内心立刻激烈地震动了一下：东方正有一抹胭脂似的像月牙儿一般的红彤彤的东西腾涌出来。这是即将升起的朝阳，我心里想。

我年逾古稀，平生看日出多矣。有的是我有意去寻求的，比如泰山观日。整整五十年前，当时我还是一个青年小伙子，正在济南一个中学里教书。在旧历八月中秋，我约了两个朋友，从济南乘火车到泰安。当天下午我们就上了山。我只有二十三岁，正是精力旺盛的时候，我大跨步走过斗姆宫、快活三里、五大夫松，一气登上了南天门，丝毫也没有感到什么吃力，什么惊险。此时正是暮色四垂，阴影布上群山的时候，四顾寂无一人，万古的沉寂压在我们身上。在一个鸡毛小店里住了一夜。第二天，摸黑起来，披上店里的棉被，登上玉皇顶。此时东天逐渐苍白。我瞪大了眼睛，连眨眼都不敢，盼望奇迹的出现。可是左等右等，我等待的奇迹太阳只是不露面。等到东天布满了一片红霞时，再仔细一看，朝阳已经像一个红色的血球，徘徊于片片的白云中，原来太阳早已经出来了。

从那以后，过了四十多年，到了二十世纪八十年代初，我第一次登上了“归来不看岳”的黄山。在北海住了三天。我曾同小泓摸黑起床，赶到一座小山顶上，那里已经黑压压地挤满了人。我们好不容易挤了上去，在人堆里争取了一块容身之地，静下心来，翘首东望，恭候日出。东天原来是灰蒙蒙一片，只是比西方、南方、北方稍微显得白了亮了一点。但是，转瞬间，亮度逐渐增高，由淡白转成了淡红，再由淡红转成了浓红，一片霞光照亮东天。再一转瞬，一芽红痕突然涌出，红痕慢慢向上扩大，由一点到一线，由一线到一片，一轮又圆又红的球终于跳出来了。

就这样，我在泰山和黄山这两个在全中国甚至全世界都以能观日出而声名远扬的名山上，看到了日出。这是我自己处心积虑一意追求而得来的。

我现在是在火车上，既非泰山，也非黄山。我做梦也没有想到会同观赏日出联系起来，我一点寻求的意思也没有。然而，仿佛眼前出现了奇迹：摆在我眼前的是不折不扣的日出。我内心的震惊不是完全很自然的吗？

这样的日出，从来没有听人说观赏过，连听人谈到过都没有。

它同以前处心积虑一意追求看到的不一样，完完全全地不一样。不管在泰山，还是在黄山，我都是静止不动的。太阳虽然动，也只是在一个地方动，她安详自在，慢条斯理，威严端重，不慌不忙。她在我眼中是崇高的化身，是威仪的重现。正像印度大诗人泰戈尔每天早晨对着朝阳沉思默祷那样，太阳在我眼中也是神圣不可侵犯的。

然而现在却是另一番景象。火车风驰电掣，顷刻数里，一刻也不停。而太阳也是一刻也不停，穷追不舍。她仿佛是率领着白云、朝霞、沧海、苍穹，仿佛率领着她那些如云的随从，追赶着火车，追赶着车上的我，过山，过水，过森林，过小村。有时候我甚至看到她鬓云凌乱，衣冠不整。原来的端庄威严，安详自在，一点影子都没有了。是她在处心积虑，一意追求，追求着火车上的我，一定要我观看她的出现。此时我的心情简直是用任何言语也形容不出来了。

太阳一方面穷追不舍，一方面自己在不停地变幻。最初我只看到在淡红色的云堆中慢慢地涌出了一点红色月牙儿似的东西。月牙儿逐渐扩大，扩大，扩大，最初的颜色像是朱砂，眼睛能够直视。但是，随着体积的逐渐扩大，朱砂逐渐变为黄金，光芒越来越亮，到了最后，辉光焜耀，谁要是再想看她，她的光芒就要刺他眼睛了。等到太阳高高升起的时候，她在天空里俯视大地，俯视火车，俯视火车中的我，她又恢复了她那端庄威严，安详自在的神态，虽然是仍然跟着火车走，却再也没有那种仓促急忙的样子了。

这短短的车上观日出的经历，对我来说，简直像是一次神秘的天启。它让我暂时离开了尘世，离开了火车，甚至离开了我自己。

我体会到变中有不变，不变中又有变；我体会到变化与速度的交互融合、交互影响。这种体会，我是无法说清楚的。等我回到车厢内的时候，人们还在熟睡未醒。我仿佛怀着独得之秘，静静地坐在那里，回想刚才的一切，余味犹甘。一团焜耀的光辉还留在我的心中。

1984年10月17日在烟台写初稿

1992年7月10日在北京写定稿

晨　趣

一抬头，眼前一片金光：朝阳正跳跃在书架顶上玻璃盒内日本玩偶藤娘身上，一身和服，花团锦簇，手里拿着淡紫色的藤萝花，都熠熠发光，而且闪烁不定。

我开始工作的时候，窗外暗夜正在向前走动。不知怎样一来，暗夜已逝，旭日东升。这阳光是从哪里流进来的呢？窗外一棵高大的梧桐树，枝叶繁茂，仿佛张开了一张绿色的网。再远一点，在湖边上是成排的垂柳。所有这一些都不利于阳光的穿透。然而阳光确实流进来了，就流在藤娘身上……

然而，转瞬间，阳光忽然又不见了，藤娘身上，一片阴影。窗外，在梧桐和垂柳的缝隙里，一块块蓝色的天空，成群的鸽子正盘旋飞翔在这样的天空里，黑影在蔚蓝上面划上了弧线。鸽影落在湖中，清晰可见，好像比天空里的更富有神韵，宛如镜花水月。

朝阳越升越高，透过浓密的枝叶，一直照到我的头上。我心中一动，阳光好像有了生命，它启迪着什么，它暗示着什么。我忽然想到印度大诗人泰戈尔，每天早上对着初升的太阳，静坐沉思，幻想与天地同体，与宇宙合一。我从来没达到这样的境界，我没有这一份福气。可是我也感到太阳的威力，心中思绪腾翻，仿佛也能洞察三界，透视万有了。

现在我正处在每天工作的第二阶段的开头上。紧张地工作了一个阶段以后，我现在想缓松一下，心里有了余裕，能够抬一抬头，向四周，特别是窗外观察一下。窗外风光如旧，但是四季不同：春花、秋月、夏雨、冬雪，情趣各异，动人则一。现在正是夏季，浓绿扑人眉宇，鸽影在天，湖光如镜。多少年来，当然都是这个样子。为什么过去我竟视而不见呢？今天，藤娘身上一点闪光，仿佛照透了我的心，让我抬起头来，以崭新的眼光，来衡量一切。眼前的东西既熟悉，又陌生，我仿佛搬到了一个新的地方，把我好奇的童心一下子都引逗起来了。我注视着藤娘，我的心却飞越茫茫大海，飞到了日本，怀念起赠送给我藤娘的室伏千津子夫人和室伏佑厚先生一家来。真挚的友情温暖着我的心……

窗外太阳升得更高了。梧桐树椭圆的叶子和垂柳的尖长的叶子，交织在一起，椭圆与细长相映成趣。最上一层阳光照在上面，一片嫩黄；下一层则处在背阴处，一片黑绿。远处的塔影，屹立不动。天空里的鸽影仍然在划着或长或短、或远或近的弧线。再把眼光收回来，则看到里面窗台上摆着的几盆君子兰，深绿肥大的叶子，给我心中增添了绿色的力量。

多么可爱的清晨，多么宁静的清晨！

此时我怡然自得，其乐陶陶。我真觉得，人生毕竟是非常可爱的，大地毕竟是非常可爱的。我有点不知老之已至了。我这个从来不写诗的人心中似乎也有了一点诗意。

此身合是诗人未？
鸽影湖光入目明。

我好像真正成为一个诗人了。

1988年10月13日晨

黄　昏

黄昏是神秘的，只要人们能多活下去一天，在这一天的末尾，他们便有个黄昏。但是，年滚着年，月滚着月，他们活下去。有数不清的天，也就有数不清的黄昏。我要问：有几个人觉到过黄昏的存在呢？——

早晨，当残梦从枕边飞去的时候，他们醒转来，开始去走一天的路。他们走着，走着，走到正午，路陡然转了下去。仿佛只一溜，就溜到一天的末尾，当他们看到远处弥漫着白茫茫的烟，树梢上淡淡涂上了一层金黄色，一群群的暮鸦驮着日色飞回来的时候，仿佛有什么东西轻轻地压在他们心头。他们知道：夜来了。他们渴望着静息，渴望着梦的来临。不久，薄冥的夜色糊了他们的眼，也糊了他们的心。他们在低隘的小屋里忙乱着；把黄昏关在门外，倘若有人问：你看到黄昏了没有？黄昏真美呵。他们却茫然了。

他们怎能不茫然呢？当他们再从屋里探出头来寻找黄昏的时候，黄昏早随了白茫茫的烟的消失、树梢上金黄色的消失、鸦背上白色的消失而消失了。只剩下朦胧的夜，这黄昏，像一个春宵的轻梦，不知在什么时候漫了来，在他们心上一掠，又不知在什么时候走了。

黄昏走了。走到哪里去了呢？——不，我先问：黄昏从哪里来的呢？这我说不清。又有谁说得清呢？我不能够抓住一把黄昏，问它到底。从东方吗？东方是太阳出来的地方。从西方吗？西方不正亮着红霞吗？从南方吗？南方只充满了光和热。看来只有说从北方来的适宜了。倘若我们想了开去，想到北方的极北端，是北冰洋和北极，我们可以在想象里描画出：白茫茫的天地，白茫茫的雪原，和白茫茫的冰山。再往北，在白茫茫的天边上，分不清哪是天，是地，是冰，是雪，只是朦胧的一片灰白。朦胧灰白的黄昏不正应当从这里蜕化出来吗？

然而，蜕化出来了，却又扩散开去。漫过了大平原，大草原，留下了一层阴影；漫过了大森林，留下了一片阴郁的黑暗；漫过了小溪，把深灰的暮色融入琤琮的水声里，水面在阒静里透着微明；漫过了山顶，留给它们星的光和月的光；漫过了小村，留下了苍茫的暮烟……给每个墙角扯下了一片，给每个蜘蛛网网住了一把。以后，又漫过了寂寞的沙漠，来到我们的国土里。我能想象：倘若我迎着黄昏站在沙漠里，我一定能看着黄昏从辽远的天边上跑了来，像——像什么呢？是不是应当像一阵灰蒙的白雾？或者像一片扩散的云影？跑了来，仍然只是留下一片阴影，又跑了去，来到我们的国土里，随了弥漫在远处的白茫茫的烟，随了树梢上的淡淡的金黄色，也随了暮鸦背上的日色，轻轻地落在人们的心头，又被人们关在门外了。

但是，在门外，它却不管人们关心不关心，寂寞地，冷落地，替他们安排好了一个幻变的又充满了诗意的童话般的世界，朦胧，微明，正像反射在镜子里的影子，它给一切东西涂上银灰的梦的色彩。牛乳色的空气仿佛真牛乳似的凝结起来。但似乎又在软软地黏黏地浓浓地流动里。它带来了阒静，你听：一切静静的，像下着大雪的中夜。但是死寂吗？却并不，再比现在沉默一点，也会变成坟墓般地死寂。仿佛一点也不多，一点也不少，优美的轻适的阒静软软地黏黏地浓浓地压在人们的心头，灰的天空像一张薄幕；树木、房屋、烟纹、云缕，都像一张张的剪影，静静地贴在这幕上。这里，那里，点缀着晚霞的紫曛和小星的冷光。黄昏真像一首诗，一支歌，一篇童话；像一片月明楼上传来的悠扬的笛声，一声缭绕在长空里亮唳的鹤鸣；像陈了几十年的绍酒；像一切美到说不出来的东西。说不出来，只能去看；看之不足，只能意会；意会之不足，只能赞叹。——然而却终于给人们关在门外了。

给人们关在门外，是我这样说吗？我要小心，因为所谓人们，不是一切人，也绝不会是一切人的。我在童年的时候，就常常待在天井里等候黄昏的来临。我这样说，并不是想表明我比别人强。意思很简单，就是：别人不去，也或者是不愿意去这样做。我（自然还有别人）适逢其会地常常这样做而已。常常在夏天里，我坐在很矮的小凳上，看墙角里渐渐暗了起来，四周的白墙上也布上了一层淡淡的黑影。在幽暗里，夜来香的花香一阵阵地沁入我的心里。天空里飞着蝙蝠。檐角上的蜘蛛网，映着灰白的天空，在朦胧里，还可以数出网上的线条和粘在上面的蚊子和苍蝇的尸体。在不经意的时候蓦地再一抬头，暗灰的天空里已经嵌上闪着眼的小星了。在冬天，天井里满铺着白雪。我蜷伏在屋里。当我看到白的窗纸渐渐灰了起来，炉子里在白天里看不出颜色来的火焰渐渐红起来、亮起来的时候，我也会知道：这是黄昏了。我从风门的缝里望出去：灰白的天空，灰白的盖着雪的屋顶。半弯惨淡的凉月印在天上，虽然有点凄凉；但仍然掩不了黄昏的美丽。这时，连常常坐在天井里等着它来临的人也不得不蜷伏在屋里。只剩了灰蒙的雪色伴了它在冷清的门外，这幻变的朦胧的世界造给谁看呢？黄昏不觉得寂寞吗？

但是寂寞也延长不了多久。黄昏仍然要走的。李商隐的诗说：“夕阳无限好，只是近黄昏。”诗人不正慨叹黄昏的不能久留吗？它也真的不能久留，一瞬眼，这黄昏，像一个轻梦，只在人们心上一掠，留下黑暗的夜，带着它的寂寞走了。

走了，真的走了。现在再让我问：黄昏走到哪里去了呢？这我不比知道它从哪里来的更清楚。我也不能抓住黄昏的尾巴，问它到底。但是，推想起来，从北方来的应该到南方去的吧。谁说不是到南方去的呢？我看到它怎样地走了。——漫过了南墙，漫过了南边那座小山，那片树林；漫过了美丽的南国，一直到辽阔的非洲。非洲有耸峭的峻岭，岭上有深邃的永古苍暗的大森林。再想下去，森林里有老虎——老虎？黄昏来了，在白天里只呈露着淡绿的暗光的眼睛该亮起来了吧。像不像两盏灯呢？森林里还该有莽苍葳蕤的野草，比人高。草里有狮子，有大蚊子，有大蜘蛛，也该有蝙蝠，比平常的蝙蝠大。夕阳的余晖从树叶的稀薄处，透过了架在树枝上的蜘蛛网，漏了进来，一条条灿烂的金光，照耀得全林子里都发着棕红色。合了草底下毒蛇吐出来的毒气，幻成五色绚烂的彩雾。也该有萤火虫吧，现在一闪一闪地亮起来了。也该有花，但似乎不应该是夜来香或晚香玉。是什么呢？是一切毒艳的恶之花。在毒气里，不正应该产生恶之花吗？这花的香慢慢溶入棕红色的空气里，溶入绚烂的彩雾里。搅乱成一团，滚成一团暖烘烘的热气。然而，不久这热气就给微明的夜色消融了。只剩一闪一闪的萤火虫，现在渐渐地更亮了。老虎的眼睛更像两盏灯了。在静默里瞅着暗灰的天空里才露面的星星。

然而，在这里，黄昏仍然要走的。再走到哪里去呢？这却真的没人知道了。——随了淡白的稀疏的冷月的清光爬上暗沉沉的天空里去吗？随了眨着眼的小星爬上了天河吗？压在蝙蝠的翅膀上钻进了屋檐吗？随了西天的晕红消融在远山的后面吗？这又有谁能明白地知道呢？我们知道的，只是：它走了，带了它的寂寞和美丽走了，像一丝微飔，像一个春宵的轻梦。

是了。——现在，现在我再有什么可问呢？等候明天吗？明天来了，又明天，又明天，当人们看到远处弥漫着白茫茫的烟，树梢上淡淡涂上了一层金黄色，一群群的暮鸦驮着日色飞回来的时候，又仿佛有什么东西压在他们的心头，他们又渴望着梦的来临。把门关上了。关在门外的仍然是黄昏，当他们再伸出头来找的时候，黄昏早已走了。从北冰洋跑了来，一过路，到非洲森林里去了。再到，再到哪里，谁知道呢？然而夜来了，漫长的漆黑的夜，闪着星光和月光的夜，浮动着暗香的夜……只是夜，长长的夜，夜永远也不完，黄昏呢？——黄昏永远不存在人们的心里的。只一掠，走了，像一个春宵的轻梦。

1934年1月4日

清塘荷韵

楼前有清塘数亩。记得三十多年前初搬来时，池塘里好像是有荷花的，我的记忆里还残留着一些绿叶红花的碎影。后来时移事迁，岁月流逝，池塘里却变得“半亩方塘一鉴开，天光云影共徘徊”，再也不见什么荷花了。

我脑袋里保留的旧的思想意识颇多，每一次望到空荡荡的池塘，总觉得好像缺点什么。这不符合我的审美观念。有池塘就应当有点绿的东西，哪怕是芦苇呢，也比什么都没有强。最好的最理想的当然是荷花。中国旧的诗文中，描写荷花的简直是太多太多了。周敦颐的《爱莲说》读书人不知道的恐怕是绝无仅有的。他那一句有名的“香远益清”是脍炙人口的。几乎可以说，中国没有人不爱荷花的。可我们楼前池塘中独独缺少荷花。每次看到或想到，总觉得是一块心病。

有人从湖北来，带来了洪湖的几颗莲子，外壳呈黑色，极硬。据说，如果埋在淤泥中，能够千年不烂。因此，我用铁锤在莲子上砸开了一条缝，让莲芽能够破壳而出，不致永远埋在泥中。这都是一些主观的愿望，莲芽能不能够出，都是极大的未知数。反正我总算是尽了人事，把五六颗敲破的莲子投入池塘中，下面就是听天命了。

这样一来，我每天就多了一件工作：到池塘边上去看上几次。心里总是希望，忽然有一天，“小荷才露尖尖角”，有翠绿的莲叶长出水面。可是，事与愿违，投下去的第一年，一直到秋凉落叶，水面上也没有出现什么东西。经过了寂寞的冬天，到了第二年，春水盈塘，绿柳垂丝，一片旖旎的风光。可是，我翘盼的水面上却仍然没有露出什么荷叶。此时我已经完全灰了心，以为那几颗湖北带来的硬壳莲子，由于人力无法解释的原因，大概不会再有长出荷花的希望了。我的目光无法把荷叶从淤泥中吸出。

但是，到了第三年，却忽然出了奇迹。有一天，我忽然发现，在我投莲子的地方长出了几个圆圆的绿叶，虽然颜色极惹人喜爱；但是却细弱单薄，可怜兮兮地平卧在水面上，像水浮莲的叶子一样。而且最初只长出了五六个叶片。我总嫌这有点太少，总希望多长出几片来。于是，我盼星星，盼月亮，天天到池塘边上去观望。有校外的农民来捞水草，我总请求他们手下留情，不要碰断叶片。但是经过了漫漫的长夏，凄清的秋天又降临人间，池塘里浮动的仍然只是孤零零的那五六个叶片。对我来说，这又是一个虽微有希望但究竟仍是令人灰心的一年。

真正的奇迹出现在第四年上。严冬一过，池塘里又溢满了春水。到了一般荷花长叶的时候，在去年飘浮着五六个叶片的地方，一夜之间，突然长出了一大片绿叶，而且看来荷花在严冬的冰下并没有停止行动，因为在离开原有五六个叶片的那块基地比较远的池塘中心，也长出了叶片。叶片扩张的速度，扩张范围的扩大，都是惊人地快。几天之内，池塘内不小一部分，已经全为绿叶所覆盖。而且原来平卧在水面上的像是水浮莲一样的叶片，不知道是从哪里聚集来了力量，有一些竟然跃出了水面，长成了亭亭的荷叶。原来我心中还迟迟疑疑，怕池中长的是水浮莲，而不是真正的荷花。这样一来，我心中的疑云一扫而光：池塘中生长的真正是洪湖莲花的子孙了。我心中狂喜，这几年总算是没有白等。

天地萌生万物，对包括人在内的动植物等有生命的东西，总是赋予一种极其惊人的求生存的力量和极其惊人的扩展蔓延的力量，这种力量大到无法抗御。只要你肯费力来观摩一下，就必然会承认这一点。现在摆在我面前的就是我楼前池塘里的荷花。自从几个勇敢的叶片跃出水面以后，许多叶片接踵而至。一夜之间，就出来了几十枝，而且迅速地扩散、蔓延。不到十几天的工夫，荷叶已经蔓延得遮蔽了半个池塘。从我撒种的地方出发，向东西南北四面扩展。我无法知道，荷花是怎样在深水中淤泥里走动。反正从露出水面荷叶来看，每天至少要走半尺的距离，才能形成眼前这个局面。

光长荷叶，当然是不能满足的。荷花接踵而至，而且据了解荷花的行家说，我门前池塘里的荷花，同燕园其他池塘里的，都不一样。其他地方的荷花，颜色浅红；而我这里的荷花，不但红色浓，而且花瓣多，每一朵花能开出十六个复瓣，看上去当然就与众不同了。这些红艳耀目的荷花，高高地凌驾于莲叶之上，迎风弄姿，似乎在睥睨一切。幼时读旧诗："毕竟西湖六月中，风光不与四时同。接天莲叶无穷碧，映日荷花别样红。"爱其诗句之美，深恨没有能亲自到杭州西湖去欣赏一番。现在我门前池塘中呈现的就是那一派西湖景象。是我把西湖从杭州搬到燕园里来了，岂不大快人意也哉！前几年才搬到朗润园来的周一良先生赐名为"季荷"。我觉得很有趣，又非常感激。难道我这个人将以荷而传吗？

前年和去年，每当夏月塘荷盛开时，我每天至少有几次徘徊在塘边，坐在石头上，静静地吸吮荷花和荷叶的清香。"蝉噪林逾静，鸟鸣山更幽"，我确实觉得四周静得很。我在一片寂静中，默默地坐在那里，水面上看到的是荷花绿肥、红肥。倒影映入水中，风乍起，一片莲瓣堕入水中，它从上面向下落，水中的倒影却是从下边向上落，最后一接触到水面，两者合为一，像小船似的漂在那里。我曾在某一本诗话上读到两句诗："池花对影落，沙鸟带声飞。"作者深惜这二句对仗不工。这也难怪，像"池花对影落"这样的境界究竟有几个人能参悟透呢？

晚上，我们一家人也常常坐在塘边石头上纳凉。有一夜，天空中的月亮又明又亮，把一片银光洒在荷花上。我忽听扑通一声，是我的小白波斯猫毛毛扑入水中，它大概是认为水中有白玉盘，想扑上去抓住。它一入水，大概就觉得不对头，连忙矫捷地回到岸上，把月亮的倒影打得支离破碎，好久才恢复了原形。

今年夏天，天气异常闷热，而荷花则开得特欢。绿盖擎天，红花映日，把一个不算小的池塘塞得满而又满，几乎连水面都看不到了。一个喜爱荷花的邻居，天天兴致勃勃地数荷花的朵数。今天告诉我，有四五百朵；明天又告诉我，有六七百朵。但是，我虽然知道他为人细致，却不相信他真能数出确实的朵数。在荷花底下，石头缝里，旮旮旯旯，不知还隐藏着多少菁葖儿，都是在岸边难以看到的。粗略估计，今年大概开了将近一千朵。真可以算是洋洋大观了。

连日来，天气突然变寒，好像是一下子从夏天转入秋天。池塘里的荷叶虽然仍然是绿油一片，但是看来变成残荷之日也不会太远了。再过一两个月，池水一结冰，连残荷也将消逝得无影无踪。那时荷花大概会在冰下冬眠，做着春天的梦。它们的梦一定能够圆的。“既然冬天到了，春天还会远吗？”

我为我的“季荷”祝福。

1997年9月16日中秋节

汉城忆燕园

自己年事已高，最近几年，立下宏愿大誓：除非万分必要，不再出国。这个想法应该说是合情合理的，然而却难以贯彻。最近承蒙老友金俊烨博士推毂，韩国国际交流财团邀请，终于又一次来到了美丽的汉城（今首尔），情不可却也，然而我却是高兴的。

距上次访问，时间已有四年。我虽年迈，尚未昏聩。上次访问的记忆，不用粉刷，依然如新，情景巨细，历历如在目前。韩国经济腾飞之迅猛，工业技术之先进，农村田畴之整齐，山川草木之葳蕤，实在给人留下深刻印象。仅以汉城而论，摩天高楼耸入蓝天，马路上车水马龙，日夜不息。深夜灯火光照夜空，简直能够同东京有名的银座相比。更令人难忘的是韩国人民之彬彬有礼，韩国友人之拳拳情深。总之，上一次的短暂访问是毕生难忘的。

可是为什么我这样一个喜欢舞笔弄墨的人竟一篇文章也没有写出来呢？对于这一点我自己都有点惊奇。然而理由是很明显的。我的情感越是激动，越是充沛，我越难以动笔，越是不想动笔。我想把这种感情蕴藏在自己脑子里，自己玩味，仿佛一动笔就亵渎了它，就泄露了天机。现在又来到了汉城。旧地重游，旧友重逢，又增添了新的朋友。而汉城本身也似乎更美丽了，更繁华了。我的感情仿佛也增加了新的激动。自己暗暗下定决心：这是泄露天机的时候了，文章非写不行了。然而实在真是大大地出我意料：我在构思时，眼前的汉城依然辉煌，我的心灵深处涌出来的却是怀乡思家之情，其势汹涌澎湃，不可抗御。身在汉城，心怀燕园。古人说：一日不见，如三秋兮。我离开燕园不过几天，却似乎是已有几年了。

我是在想家吗？决不是的，实际上，我现在已经没有什么家。我一个人就是家，我一个人吃饱了，全家都不挨饿。我正像一个蜗牛，家就驮在自己背上，我走到哪里，家也就带到哪里。要说想家，只想一想自己就够了。

然而我确实还是想家。我现在觉得，全世界我最爱的国家是中国；在中国我最爱的城市是北京；在北京我最爱的地方是燕园；在燕园我最爱的地方是我的家。什么叫我的家呢？一座最平常不过的楼房的底层，两个单元，房屋六间，大厅两个。前临荷塘，左傍小山。我离开时，虽已深秋，塘中荷叶，依然浓绿，秋风乍起，与水中的倒影共同摇摆。塘畔垂柳，依然烟笼一里堤。小山上黄栌尚未变红，而丰华月季，却真名副其实，红艳怒放，胜于二月春花。刚离开几天，我用不着问：“来日绮窗前，寒梅著花未？”可我现在却怀念这些山水花木。

我那六间房子，绝不豪华，也不宽敞。然而几乎每间都堆满了书，我坐拥书城，十分得意。然而也有烦恼。书已经多到无地可容，连阳台和对面房子里的厨房和大厅都已堆满，而且都达到了天花板。然而天天仍然是“不尽书潮滚滚来”。我现在怀念这些不会说话又似乎能对我说话的书。

同书比较起来，更与我亲如手足的是我那十几箍铁柜中收藏的我的手稿和我手抄的资料。由于我是个“杂家”，所以资料的范围极广，数量极大。六七十年来，我养成了“随便翻翻”（鲁迅语）的习惯，什么书到手，我先翻翻。只要与我的研究或兴趣有关的资料，我都随手抄下。手头有什么，就用什么抄。纸张大小不一，中外兼备。连信封、请柬和无用的来信的背面，都抄满了资料。积之既久，由几张而盈寸，由盈寸而盈尺，由盈尺而盈丈。我没有仔细量过，但盈丈绝非虚语。人们常说“著作等身”，我的所谓“著作”等多少，先不去说它，资料等身，甚至超过等身，却是确确实实的事实。多少年来，我天天泡在这些资料和手稿里。现在竟几天不见，我的资料和手稿如果有灵，也会感到惊诧的。我现在怀念我这些亲密的朋友——资料和手稿。这些东西，在别人眼中，形同垃圾，在我眼中，却如同珍宝。倘若一不小心丢上一张半页，写文章时可能正是关键的资料。这些东西有时候是可遇而不可求的。它们身上凝结着我的心血，凝结着我兀兀穷年溽暑酷寒的心血。我现在深深地怀念这些资料和手稿。

上面说的都是些没有生命的山水花木和资料手稿。这些东西比较起来，更重要的当然还是人。一年多以来，我陡然变成了“孤家寡人”。我这个老态龙钟的耄耋老人，虽然还并没有丧失照顾自己的能力，但是需要别人照顾的地方却比比皆是。属于我孙女一辈的小萧和小张，对我的起居生活，交际杂务，做了无微不至的充满了热情的工作，大大地减少了我的后顾之忧。我们晨夕相聚，感情融洽。在这里，我不想再用“宛如家人父子”一类现成的词句，那不符合我的实际。加劲的词儿我一时也想不出来，请大家自己去意会吧。除了她俩，还有天天帮我整理书籍的、比萧和张又年轻十多岁的方方和小李。我身处几万册书包围之中，睥睨一切，颇有王者气象。可我偏偏指挥无方，群书什么阵也排不出来。我要用哪一本，肯定找不到哪一本。“只在此室中，书深不知处”，等到不用时，这一本就在眼前。我极以为苦。我曾开玩笑似的说过：“我简直想自杀！”然而来了救星。玉洁率领着方方和小李，杀入我的书阵中。她运筹帷幄，决胜斗室，指挥若定。伯仲伊吕，大将军八面威风，宛如风卷残云一般，几周之内，把我那些杂乱无章、不听调遣的书们，整治得规规矩矩，有条有理。虽然我对她们摆的书阵还有待于熟悉，可是，现在一走进书房，窗明几净，豁然开朗。我顾而乐之，怡然自得，不复再有“轻生”之念。我原来想：就让它乱几年吧，等到我的生命画句号的时候，自然就一了百了了，哪里会想到今天这个样子！此外，在我这种孤苦伶仃、举目无亲的生活环境中，向我伸出友谊之手的人还有很多很多。我的学生忠新夫妇、保胜、邦维夫妇，我的助手李铮夫妇，等等。我心头常常涌出一句诗：“此时无亲胜有亲”，可见我心情之一斑。现在虽然相距数千里，可他们的声音笑貌，宛在身边眼前。我现在真是深深怀念这一些可敬可爱的朋友们。当然我也怀念我眼前仅有的不在一起住的亲属颐华和孝廉。

我上面写了那么多怀念，但是，怀念还没有完。有一晚，我在汉城希尔顿饭店一间豪华的客厅里参加晚宴。对面大镜子里忽然有一团白光一闪。我猛一吃惊：难道我的小猫咪跟我来了吗？定一定神，才知道这是桌子上白色餐巾的影子。我的心迷离恍惚，一下子飞回了燕园。我现在家里有两只小猫，都是洁白如雪的波斯猫。小的一只，我颁赐嘉名曰“毛毛四世”，因为在它之前我已经丢了三只眼睛一黄一绿的波斯猫，它排行第四，故有“四世”之名。几世几世是秦始皇发明的。我以之为猫命名，似有亵渎之意，实则我是诚恳的，不过聊以逗乐子而已。祝愿始皇在天之灵原谅则个！这位四世降生才不过一百天，来自我的家乡。小小年纪，却极端调皮，简直是（无恶不作），什么地方、什么时候不需要它，它就偏在那地方、那时候蹿出，搅得人心神不安，它自己却怡然自得。这且不去谈它。咪咪二世是老猫了，它陪伴我已经六七年了。它每天夜出昼归。我一般都是早晨 4 点起床，无间寒暑。咪咪脑袋里似乎有一个表，早晨 4 点前后，只要我屋子里的灯一亮，它就在窗外窗台上用前爪抓我的纱窗，窸窣作响，好像要告诉我：“你该起床了！应该放我进去进早餐了！”我悚然而兴，飞快下床，开门一跺脚，声控的电灯一亮，只见一缕白烟从门外的黑暗中飞了进来，是咪咪二世，它先蹂我的脚，蹭我的腿，好像对我道声“早安”，然后飞身入室，等我给它安排早餐。六七年来，特别是最近一两年来，几乎天天如此。我对它情有独钟，它对我一往情深。在我精神最苦恼的时候，它给了我极大的安慰。“其中有真意”，不足为外人道也。我曾写过几句俚辞：“夜阑人静，虚室凄清。万籁俱寂，独对孤灯。往事如潮，汹涌绕缭。伴我寥寥，唯有一猫。”可见我的心情之一斑。现在，我忽然离开了家。但是，我相信，咪咪仍然会每天凌晨卧在我窗外的窗台上，静静地等候室内的灯光。可是灯光却再也不亮。杜甫诗：“遥怜小儿女，未解忆长安。”我现在改为：“可怜小猫咪，不解忆汉城。”我想，它必然是非常纳闷，非常寂寞，非常失望的。它必然会觉得，人世间非常奇怪：“我的主人怎么忽然不见了？”我现在真是怀念我的咪咪二世。

临别的前夕，我的老学生现任驻韩国大使的张庭延携夫人谭静（也是我的老学生），在富丽堂皇的大使馆中，设宴招待教委和北大领导以及我这位老师。不言自明，这是我到韩国以后最美最合口味的一顿饭。庭延拿出了茅台招待我们，并且强调说，这是绝对可靠的真正的茅台，是外交部派专人到贵州茅台酒厂去购买和护送回京的。这当然更大大地增加了我们的兴致。不知道怎样一来，话头一转就转到了花生米上。庭延说：他常常以花生米佐茅台。他还说：花生米以农贸市场老农炒的五香花生米为最佳。什么美国瓶装脱皮的花生米，决不能与之相比，两者简直天渊之别。我初听时，大吃一惊，继之则以我心有戚戚焉。我自认是一个上不得台盘的人。虽留欧十年有余，足迹遍世界上三十几个国家，虽洋气日增，而土气未减。在德国二战时的饥饿地狱中，饱受磨难。夜间做梦，常常梦见祖国的食品。但我梦见的却都并不是什么燕窝、鱼翅、海参、鲍鱼等山珍海味，而是——花生米，正是庭延所说的那种最平常最一般的炒五香花生米。我回国以后，五十年来，每天的早餐就是烤馒头片就炒花生米，佐以一杯浓茶，天天如此，从无单调厌恶之感，而且味感还越来越好。我窃以为这是我个人的怪癖。不意今天竟在汉城找到了从未遇到的花生米知己，我漫卷衣袖喜欲狂，于是我们大侃花生米哲学。庭延和谭静拿出了从祖国带来的炒花生米，仅余小小一塑料袋。我们万般珍惜，只肯一粒一粒的慢慢地吃。此时连绝对真正的茅台都更增添了香味，简直可比王母娘娘的蟠桃、镇元仙人的人参果。我们大家食而乐之，侃兴倍增。这成为我毕生难忘的一夜。

我现在是在飞机上，正飞向北京。过不了多久，我就能再看到我那可爱的祖国，我那可爱的北京，我那可爱的燕园，我那些可爱的燕园中的山水草木，我那些可爱的书籍和手稿，我那些可爱的友人，最后还有我那可爱的两只波斯猫。汉城离我越来越远，而我在汉城时怀念的上面说的这些东西和人，却越来越近了。我的心绪不知怎样一来陡然一转，我的怀念一下子转回到了汉城上，转回到在韩国的那些朋友身上，特别转回到了庭延和谭静身上。我的心仿佛已经留于汉城。“何当共剪西窗烛，却话汉城夜宴时”，这是我走下飞机时心里涌出来的胡编剽窃的两句诗。

1995年10月10日草于飞机上

同月24日改毕于燕园

我爱北京的小胡同

我爱北京的小胡同，北京的小胡同也爱我，我们已经结下了永恒的缘分。

六十多年前，我到北京来考大学，就下榻于西单大木仓里面一条小胡同中的一个小公寓里。白天忙于到沙滩北大三院去应试。北大与清华各考三天，考得我焦头烂额，精疲力尽；夜里回到公寓小屋中，还要忍受臭虫的围攻，特别可怕的是那些臭虫的空降部队，防不胜防。

但是，我们这一帮山东来的学生仍然能够苦中作乐。在黄昏时分，总要到西单一带去逛街。街灯并不辉煌，“无风三尺土，有雨一街泥”，也会令人不快。我们却甘之若饴。耳听铿锵清脆、悠扬有致的京腔，如闻仙乐。此时鼻管里会蓦地涌入一股幽香，是从路旁小花摊上的栀子花和茉莉花那里散发出来的。回到公寓，又能听到小胡同中的叫卖声："驴肉！驴肉！""王致和的臭豆腐！"其声悠扬、深邃，还含有一点凄清之意。这声音把我送入梦中，送到与臭虫搏斗的战场上。

将近五十年前，我在欧洲待了十年多以后，又回到了故都。这一次是住在东城的一条小胡同里：翠花胡同，与南面的东厂胡同为邻。我住的地方后门在翠花胡同，前门则在东厂胡同，据说就是明朝的特务机关东厂所在地，是折磨、囚禁、拷打、杀害所谓"犯人"的地方，冤死之人极多，他们的鬼魂据说常出来显灵。我是不相信什么鬼怪的，我感兴趣的不是什么鬼怪显灵，而是这一所大房子本身。它地跨两个胡同，其大可知。里面重楼复阁，回廊盘曲，院落错落，花园重叠，一个陌生人走进去，必然是如入迷宫，不辨东西。

然而，这样复杂的内容，无论是从前面的东厂胡同，还是从后面的翠花胡同，都是看不出来的。外面十分简单，里面十分复杂；外面十分平凡，里面十分神奇。这是北京许多小胡同共有的特点。

据说当年黎元洪大总统在这里住过。我住在这里的时候，北大校长胡适住在黎住过的房子中。我住的地方仅仅是这个大院子中的一个旮旯，在西北角上。但是这个旮旯也并不小，是一个三进的院子，我第一次体会到"庭院深深深几许"的意境。我住在最深一层院子的东房中，院子里摆满了汉代的砖棺。这里本来就是北京的一所"凶宅"，再加上这些棺材，黄昏时分，总会让人感觉到鬼影憧憧，毛骨悚然。所以很少有人敢在晚上来拜访我。我每日"与鬼为邻"，倒也过得很安静。

第二进院子里有很多树木，我最初没有注意是什么树。有一个夏日的晚上，刚下过一阵雨，我走在树下，忽然闻到一股幽香。原来这些是马缨花树，现在树上正开着繁花，幽香就是从这里散发出来的。

这一下子让我回忆起十几年前西单的栀子花和茉莉花的香气。当时我是一个十九岁的大孩子，现在成了中年人。相距将近二十年的两个我，忽然融合到一起来了。

不管是六十多年，还是五十年，都成为过去了。现在北京的面貌天天在改变，层楼摩天，国道宽敞。然而那些可爱的小胡同，却日渐消逝，被摩天大楼吞噬掉了。看来在现实中小胡同的命运和地位都要日趋消沉，这是不可抗御的，也不一定就算是坏事。可是我仍然执着地关心我的小胡同。就让它们在我的心中占一个地位吧，永远，永远。

我爱北京的小胡同，北京的小胡同也爱我。

1993年10月25日

回　忆

回忆很不好说，究竟什么才算是回忆呢？我们时时刻刻沿了人生的路向前走着，时时刻刻有东西映入我们的眼里。——即如现在吧，我一抬头就可以看到清浅的水在水仙花盆里反射的冷光，漫在水里的石子的晕红和翠绿，茶杯里残茶在软柔的灯光下照出的几点金星。但是，一转眼，眼前的这一切，早跳入我的意想里，成轻烟，成细雾，成淡淡的影子，再看起来，想起来，说起来的话，就算是我的回忆了。

只说眼前这一步，只有这一点淡淡的影子，自然是迷离的。但是我自从踏到世界上来，走过不知多少的路。回望过去的茫茫里，有着我的足迹叠成的一条白线，一直引到现在，而且还要引上去。我走过都市的路，看尘烟缭绕在栉比的高屋的顶上。我走过乡村的路，看似水的流云笼罩着远村，看金海似的麦浪。我走过其他许许多多的路，看红的梅，白的雪，潋滟的流水，十里稷稷的松壑，死人的蜡黄的面色，小孩充满了生命力的踊跃。我在一条路上接触到种种的面影，熟悉的，不熟悉的。这一切的一切都在我走着的时候，蓦地成轻烟，成细雾，成淡淡的影子，储在我的回忆里。有的也就被埋在回忆的暗陬里，忘了。当我转向另一条路的时候，随时又有新的东西，另有一群面影凑集在我的眼前。蓦地又成轻烟，成细雾，成淡淡的影子，移入我的回忆里，自然也有的被埋在暗陬里，忘了。新的影子挤入来，又有旧的被挤到不知什么地方去幻灭，有的简直就被挤了出去。以后，当另一群更新的影子挤进来的时候，这新的也就追踪了旧的命运。就这样，挤出，挤进，一直到现在。我的回忆里残留着各样的影子、色彩。分不清先先后后，萦混成一团了。

我就带着这萦混的一团从过去的茫茫里走上来。现在抬头就可以看到水仙花盆里反射的水的冷光，水里石子的晕红和翠绿，残茶在灯下照出的几点金星。自然，前面已经说过，这些都要倏地变成影子，移入回忆里，移入这萦混的一团里，但是在未移动以前，这萦混的一团影子说不定就在我的脑海里浮动起来，我就自然陷入回忆里去了——陷入回忆里去，其实是很不费力的事。我面对着当前的事物。不知怎的，迷离里忽然电光似的一掣，立刻有灰蒙蒙的一片展开在我的意想里，仿佛是空空的，没有什么，但随便我想到曾经见过的什么，立刻便有影子浮现出来。跟着来的还不止一个影子，两个，三个，多，更多了。影子在穿梭，在萦混。又仿佛电光似的一掣，我又顺着一条线回忆下去——比如回忆到故乡里的秋吧。先仿佛看到满场里乱摊着的谷子，黄黄的。再看到左右摆动的老牛的头，飘浮着云烟的田野，屋后银白的一片秋芦。再沉一下心，还仿佛能听到老牛的喘气，柳树顶蝉的曳长了的鸣声。豆荚在日光下"毕剥"的炸裂声。蓦地，有如阴云漫过了田野，只在我的意想里一恍，在故乡里的这些秋的影子上面，又挤进来别的影子了——红的梅，白的雪，潋滟的流水，十里稷稷的松壑，死人的蜡黄的面色，小孩充满了生命力的踊跃。同时，老牛的影，芦花的影，田野的影，也站在我的心里的一个角隅里。这许多的影子掩映着，混起来。我再不能顺着刚才的那条线想下去。又有许多别的历乱的影子在我的意念里跳动。如电光火石，炫了我的眼睛。终于我一无所见，一无所忆。仍然展开了灰蒙蒙的一片，空空的，什么也没有。我的回忆也就停止了。

我的回忆停止了，但是绝不能就这样停止下去的。我仍然说，我们时时刻刻沿着人生的路向前走着，时时刻刻就有回忆萦绕着我们。——再说到现在吧。灯光平流到我面前的桌上，书页映出了参差的黑影，看到这黑影，我立刻想到在过去不知什么时候看过的远山的淡影。玻璃杯反射着清光。看了这清光，我立刻想到月明下千里的积雪。我正写着字。看了这一颗颗的字，也使我想到阶下的蚁群……倘若再沉一下心，我可以想到过去在某处见过这样的山的淡影。在另一个地方也见过这样的影子，纷纷的一团。于是想了开去，想到同这影子差不多的影子。纷纷的一团。于是又想了开去，仍然是纷纷的一团影子。但是同这山的淡影，同这书页映出的参差的黑影却没有一点关系了。这些影子还没幻灭的时候，又有别的影子隐现在他们后面，朦胧，暗淡，有着各样的色彩。再往里看，又有一层影子隐现在这些影子后面，更朦胧，更暗淡，色彩也更繁复。……一层，一层，看上去，没有完。越远越暗淡了下去。到最后，只剩了那么一点绰绰的形象。就这样，在我的回忆里，一层一层地，这许许多多的影子，色彩，分不清先先后后，又萦混成一团了。

我仍然带了这萦混的一团影子走上去。倘若要问：这些影子都在什么地方呢？我却说不清了。往往是这样，一闭眼，先是暗冥冥的一片，再一看，里面就有影子。但再问：这暗冥冥的一片在什么地方呢？恐怕只有天知道吧。当我注视着一件东西发愣的时候，这些影子往往就叠在我眼前的东西上。在不经意的时候，我常把母亲的面影叠在茶杯上。把忘记在什么时候看见的一条长长的伸到水里去的小路叠在荷尔德林（Hölderlin）的全集上。把一树灿烂的海棠花叠在盛着花的土盆上。把大明湖里的塔影叠在桌上铺着的晶莹的清玻璃上。把晚秋黄昏的一天暮鸦叠在墙角的蜘蛛网上，把夏天里烈日下的火红的花团叠在窗外草地上半餔着的白雪上……然而，只要一经意，这些影子立刻又水纹似的幻化开去。同了这茶杯的、这荷尔德林全集的、这土盆的、这清玻璃的、这蜘蛛网的、这白雪的影子，跳入我的回忆里，在将来的不知什么时候，又要叠在另一些放在我眼前的东西上了。

将来还没有来。而且也不好说。但是，我们眼前的路不正引向将来去吗？我看过了清浅的水在水仙花盆里反射的冷光，映在水里的石子的晕红和翠绿，残茶在软柔的灯光下照出的那几点金星。也看过了茶杯、荷尔德林全集、土盆、清玻璃、蜘蛛网、白雪，第二天我自然看到另一些新的东西，第三天我自然看到另一些更新的东西。第四天，第五天……看到的东西多起来，这些东西都要倏地成轻烟，成细雾，成淡淡的影子，储在我的回忆里吧。这一团萦混的影子，也要更萦混了。等我不能再走，不能再看的时候，这一团也随了我走应当走的最后路。然而这时候，我却将一无所见，一无所忆。这一团影子幻失到什么地方去了呢？随了大明湖里的倒影飘散到茫迷里去了吗？随了远山的淡霭被吸入金色的黄昏里去了吗？说不清，而且也不必说。——反正我有过回忆了。我还希望什么呢？

1934年1月14日旧历年元旦灯下

寂　寞

寂寞像大毒蛇，盘住了我整个的心，我自己也奇怪：几天前喧腾的笑声现在还萦绕在耳际，我竟然给寂寞克服了吗?

但是，克服了，是真的，奇怪又有什么用呢?笑声虽然萦绕在耳际，早已恍如梦中的追忆了，我只有一颗心，空虚寂寞的心被安放在一个长方形的小屋里。我看四壁，四壁冰冷像石板，书架上一行行排列着的书，都像一行行的石块，床上棉被和大衣的折纹也都变成雕刻家手下的作品了，死寂，一切死寂，更死寂的却是我的心。——我到了庞培（Pompeii）了吗?不，我自己证明没有，隔了窗子，我还可以看见袅动的烟缕，虽然还在袅动，但是又是怎样地微弱呢。——我到了西敏斯大寺（Westminster

Abbey）了吗？我自己又证明没有，我看不到阴森的长廊，看不到诗人的墓圹，我只是被装在一个长方形的小屋里，四周圈着冰冷的石板似的墙壁，我究竟在什么地方呢？桌子上那两盆草的蔓长嫩绿的枝条，反射在镜子里的影子，我透过玻璃杯看到的淡淡的影子；反射在电镀过的小钟座上的影子，在平常总轻轻地笼罩上一层绿雾，不是很美丽有生气的吗？为什么也变成浮雕般呆僵不动呢？——一切完了，一切都给寂寞吞噬了，寂寞凝定在墙上挂的相片上，凝定在屋角的蜘蛛网上，凝定在镜子里我自己的影子上……

一切都真的给寂寞吞噬了吗？不，还有我自己，我试着抬一抬胳膊，还能抬得起，我摆了摆头，镜子里的影子也还随着动，我自己问：是谁把我放在这里的呢？是我自己，现在我才发现，就是自己，我能逃……

我能逃，然而，寂寞又跟上我了呀！在平常我们跑着百米抢书的图书馆，不是很热闹的吗？现在为什么也这样冷清呢？我从这头看到那头，像看到一个朦胧的残梦，淡黄的阳光从窗子里穿进来造成一条光的路，又射在光滑的桌面上，不耀眼，不辉腾，只是死死地贴在桌上，像——像什么呢？我不愿意说，像乡间黑漆棺材上贴的金边，寥寥的几个看书的，错落地散坐着，使我想起到月明夜天空的星子，但也都石像似的坐着，不响也不动。是人吗？不是，我左右看全不像。像木乃伊？又不像，因为我闻不到木乃伊应该有的那种香味。像死尸？有点，但也不全像——我看到他们僵坐的姿势了；我看到他们一个个翻着的死白的眼了，我现在知道他们像什么，像鱼市里的死鱼，一堆堆地排列着，鼓着肚皮，翻着白眼，可怕！

然而我能逃，然而寂寞又跟上了我，我向哪里逃呢？

到了世界的末日了吗？世界的末日，多可怕！以前我曾自己想象，自己是世界上最后的一个生物，因了这无谓的想象，我流过不知多少汗，但是现在却真教我尝到这个滋味了，天空倒挂着，像个盆，远处的西山，近处的楼台，都仿佛剪影似的贴在这灰白盆底上。小鸟缩着脖子站在土山上，不动，像博物馆里的标本，流水在冰下低缓地唱着丧歌，天空里破絮似的云片，看来像一贴贴的膏药，糊在我这寂寞的心上，枯枝丫杈着，看来像鱼刺，也刺着我这寂寞的心。

但是，我在身旁发现有人影在游动了，我知道，我自己不是世界上最后的生物，我在内心浮起一丝笑意，但是（又是但是）却怪没等这笑意浮到脸上，我又看到我身旁的人也同样翻着死白的眼，像木乃伊？像僵尸？像鱼市上陈列的死鱼？谁耐心去管，战栗通过了我全身，我想逃，寂寞驱逐着我，我想逃，向哪里逃呢？——天哪！我不知道向哪里逃了。

夜来了，随了夜来的是更多的寂寞，当我从外面走回宿舍的时候，四周死一般沉寂，但总仿佛有悉索的脚步声绕在我四围。说声，其实哪里有什么声呢？只是我觉得有什么东西跟着我而已，倘若在白天，我一定说这是影子；倘若睡着了，我一定说这是梦，究竟是什么呢？我知道，这是寂寞，从远处我看到压在黑暗的夜气下面的宿舍，以前不是每个窗子都射出温热的软光来吗？但是，变了，一切变了，大半的窗子都黑黑的，闭着寥寥的几个窗子，无力地迸射出几条光线来，又都是怎样暗淡灰白呢？——不，这不是窗子里射出来的灯光，这是墓地里的鬼火，这是魔窟里发出的魔光，我是到了鬼影憧憧的世界里了，我自己也成了鬼影了。

我平卧在床上，让柔弱的灯光流在我身上，让寂寞在我四周跳动，静听着远处传来的跫跫的足音，隐隐地，细细弱弱到听不清，听不见了，这声音从哪里传来的呢？是从辽远又辽远的国土里呀！是从寂寞的大沙漠里呀！但是，又像比辽远的国土更辽远；我的小屋是坟墓，这声音是从墓外过路人的脚下踶出来的呀！离这里多远呢？想象不出，也不能想象，望吧！是一片茫茫的白海流布在中间，海里是什么呢？是寂寞。

隔了窗子，外面是死寂的夜，从蒙翳的玻璃里看出去，不见灯光；不见一切东西的清晰的轮廓，只是黑暗，在黑暗里的迷离的树影，丫杈着，刺着暗灰的天，在三个月前，这秃光的枯枝上，有过一串串的叶子，在萧瑟的秋风里打战，又罩上一层淡淡的黄雾。再往前，在五六个月以前吧，同样的这枯枝上织一丛丛的茂密的绿，在雨里凝成浓翠；在毒阳下闪着金光，倘若再往前推，在春天里，这枯枝上嵌着一颗颗火星似的红花，远处看，辉耀着，像火焰。——但是，一转眼，溜到现在，现在怎样了呢？变了，全变了，只剩了秃光的枯枝，刺着天空，把小小的温热的生命力蕴蓄在这枯枝的中心，外面披上这层刚劲的皮，忍受着北风的狂吹；忍受着白雪的凝固；忍受着寂寞的来袭，同我一样。它也该同我一样切盼着春的来临，切盼着寂寞的退走吧。春什么时候会来呢？寂寞什么时候会走呢？这漫漫的长长的夜，这漫漫的更长的冬……

1934年1月22日

年

年，像淡烟，又像远山的晴岚。我们握不着，也看不到。当它走来的时候，只在我们的心头轻轻地一拂，我们就知道：年来了。但是究竟什么是年呢？却没有人能说得清了。

当我们沿着一条大路走着的时候，遥望前路茫茫，花样似乎很多。但是，及至走上前去，身临切近，却正如向水里扑自己的影子，捉到的只有空虚。更遥望前路，仍然渺茫得很。这时，我们往往要回头看看的。其实，回头看，随时都可以。但是我们却不。最常引起我们回头看的，是当我们走到一个路上的界石的时候。说界石，实在没有什么石。只不过在我们心上有那么一点痕迹。痕迹自然很虚缥。所以不易说。但倘若不管易说不易说，说了出来的话，就是年。

说出来了，这年，仍然很虚缥。也许因为这一说，变得更虚缥。但这却是没有办法的事了。我前面不是说我们要回头看吗？就先说我们回头看到的吧。——我们究竟看到些什么呢？灰蒙蒙的一片，仿佛白云，又仿佛轻雾，朦胧成一团。里面浮动着各种的面影，各样的彩色。这似乎真有花样了。但仔细看来，却又不然，仍然是平板单调。就譬如从最近的界石看回去吧。先看到白皑皑的雪凝结在丫杈着刺着灰的天空的树枝上。再往前，又看到澄碧的长天下流泛着的萧瑟冷寂的黄雾。再往前，苍郁欲滴的浓碧铺在雨后的林里，铺在山头。烈阳闪着金光。更往前，到处闪动着火焰般的花的红影。中间点缀着亮的白天，暗的黑夜。在白天里，我们拼命填满了肚皮。在黑夜里，我们挺在床上咧开大嘴打呼。就这样，白天接着黑夜，黑夜接着白天；一明一暗地滚下去，像玉盘上的珍珠。

…………

于是越过一个界石。看上去，仍然看到白皑皑的雪，看到萧瑟冷寂的黄雾，看到苍郁欲滴的浓碧，看到火焰般的红影。仍然是连续的亮的白天，暗的黑夜——于是又越过了一个界石。于是又——一个界石，一个界石，界石连着界石，没有完。亮的白天，暗的黑夜交织着。白雪，黄雾，浓碧，红影，混成一团。影子却渐渐地淡了下来。我们的记忆也被拖到辽远又辽远的雾蒙蒙的暗陬里去了。我们再看到什么呢？更茫茫。然而，不新奇。

不新奇吗？却终究又有些新的花样了。仿佛是跨过第一个界石的时候——实在还早，仿佛是才踏上了世界的时候，我们眼前便障上了幕。我们看不清眼前的东西；只是摸索着走上去。随了白天的消失，暗夜的消失，这幕渐渐地一点一点地撤下去。但我们不觉得。我们觉得的时候，往往是在踏上了一个界石回头看的一刹那。一觉得，我们又慌了："会有这样的事情发生到我身上吗？"其实，当这事情正在发生的时候，我们还热烈地参加着或表演着。现在一觉得，便大惊小怪起来。我们又肯定地信，不会有这样的事情发生到我们身上的。我们想：自己以前仿佛没曾打算有这样的事情发生。实在，打算又有什么用呢？事情早已给我们安排在幕后。只是幕不撤，我们看不到而已。而且又真没曾打算过。以后我们又证明给自己：的确发生过这样的事情了。于是，因了这惊，这怪，我们也似乎变得比以前更聪明些。"以后我要这样了，"我们想。真的，以后我们要这样了。然而，又走到一个界石，回头一看，我们又惊疑："怎么又会有这样的事情发生到我身上呢？"是的，真有过。"以后我要这样了，"我们又想。——虽然一点一点地撇开，我们眼前仍是幕。于是，一个界石，一个界石，就在这随时发现的新奇中过下去，一直到现在，我们眼前仍然是幕。这幕什么时候才撤净呢？我们苦恼着。

但也因而得到了安慰了。一切事情，虽然都已经安排在幕后，有时我们也会蓦地想到几件。其中也不缺少一想到就使我们流汗战栗喘息的事情。我们知道它们一定会发生，只是不知道什么时候而已。但现在回头看来，许多这样的事情，只在这幕的微启之下，便悠然地露了出来，我们也不知怎样竟闯了过来。回顾当时的流汗，的战栗，的喘息，早成残像，只在我们心的深处留下一点痕迹。不禁微笑浮上心头了。回首绵绵无尽的灰雾中，竟还有自己踏过的微白的足迹在，蜿蜒一条长长的路，一直通到现在的脚跟下。再一想踏这条路时的心情，看这眼前的幕一点一点撤开时的或惊，或惧，或喜的心情，微笑更要浮上嘴角了。

这样，这条微白的长长的路就一直蜿蜒到脚跟。现在脚下踏着的又是一块新的界石了。不容我们迟疑，这条路又把我们引上前去。我们不能停下来，也不愿意停下来的。倘若抬头向前看的时候——又是一条微白的长长的路，伸展开去。又是一片灰蒙蒙的雾，这路就蜿蜒到雾里去。到哪里止呢？谁知道，我们只是走上前去。过去的，混沌迷茫，不知其所以然了。未来的，混沌迷茫，更不知其所以然了。但是我们时时刻刻都在向前走着。时时刻刻这条蜿蜒的长长的路向后缩了回去，又时时刻刻向前伸了出去，摆在我们面前。仍然再缩了回去，离我们渐远，渐远，窄了，更窄了。埋在茫茫的雾里。刚才看见的东西，一转眼，便随了这条路缩了回去，渐渐地不清楚，成云，成烟，埋在记忆里，又在记忆里消失了。只有在我们眼前的这一点短短的时间——一分钟，不，还短；一秒钟，不，还短；短到说不出来，就算有那么一点时间吧；我们眼前有点亮：一抬眼，便可以看到桌子上摆着的花的蔓长的枝条在风里袅动，看到架上排着的书，看到玻璃杯在静默里反射着清光，看到窗外枯树寒鸦的淡影，看到电灯罩的丝穗在轻微地散布着波纹，看到眼前的一切，都发亮。然后一转眼，这一切又缩了回去，渐渐地不清楚，成云，成烟，埋在记忆里，也在记忆里消失吧。等到第二次抬眼的时候，看到的一切已经同前次看到的不同了。我说，我们就只有那样短短的时间的一点亮。这条蜿蜒的长长的路伸展出去，这一点亮也跟着走。一直到我们不愿意，或者不能走了，我们眼前仍然只有那一点亮，带大糊涂走开。

当我们还在沿着这条路走的时候，虽然眼前只有那样一点亮，我们也只好跟着它走上去了。脚踏上一块新的界石的时候，固然常常引起我们回头去看；但是，我们仍要时时提醒自己：前面仍然有路。我前面不是说，我们又看到一条微白的长长的路引到雾里去吗？渺茫，自然；但不必气馁。譬如游山，走过了一段路之后，乘喘息未定的时候，回望来路，白云四合，当然很有意思的。倘再翘首前路，更有青霭流泛，不也增加游兴不少吗？而且，正因为渺茫，却更有味。当我翘首前望的时候，只看到雾海，茫茫一片，不辨山水云树。我们可以任意把想象加到上面。我们可以自己涂上粉红色，彩红色；任意制成各种的梦，各种的幻影，各种的蜃楼。制成以后，随便按上，无不适合。较之回头看时，只见残迹，只见过去的面影，趣味自然不同。这时，我们大概也要充满了欣慰与生力，怡然走上前去。倘若了如指掌，毫发都现，一眼便看到自己的坟墓，无所用其涂色，更无所用其蜃楼，只懒懒地抬起了沉重的腿脚，无可奈何地踱上去，不也大煞风景，生趣全丢吗？

然而，话又要说了回来。——虽然我们可以把未来涂上了彩色，制成了梦、幻影和蜃楼；一想到，蜿蜒到灰雾里去的长长的路，仍然不过是长长的路，同从雾里蜿蜒出来的并不会有多大的差别，我们不禁又惘然了。我们知道，虽然说不定也有点变化，仍然要看到同样的那一套。真的，我们也只有看到同样的那一套。微微有点不同的，就是次序倒了过来。——我们将先看到到处闪动着的花的红影；以后，再看到苍郁欲滴的浓碧；以后，又看到萧瑟冷寂的黄雾；以后，再看到白皑皑的雪凝结在丫杈着刺着灰的天空的树枝上。中间点缀着的仍然是亮的白天，暗的黑夜。在白天里，我们填满了肚皮。在夜里，我们咧开大嘴打呼。照样地，白天接着黑夜，黑夜接着白天。于是到了一个界石，我们眼前仍然只有那短短的时间的一点亮。脚踏上这个界石的时候，说不定还要回过头来看到现在。现在早笼在灰雾里，埋在记忆里了。我们的心情大概不会同踏在现在的这块界石上回望以前有什么差别吧。看了微白的足迹从现在的脚下通到那时的脚下，微笑浮上心头呢？浮上嘴角呢？惘然呢？漠然呢？看了眼前的幕一点一点地撤去，惊呢？惧呢？喜呢？那就都不得而知了。

于是，通过了一块界石，又看上去，仍然是红影，浓碧，黄雾，白雪。亮的白天，暗的黑夜，一个推着一个，滚成一团，滚上去，像玉盘上的珍珠。终于我们看到些什么呢？灰蒙蒙，然而不新奇，但却又使我们战栗了。——在这微白的长长的路的终点，在雾的深处，谁也说不清是什么地方，有一个充满了威吓的黑洞，在向我们狞笑，那就是我们的归宿。障在我们眼前的幕，到底也不会撤去。我们眼前仍然只有当前一刹那的亮，带了一个大混沌，走进这个黑洞去。

走进这个黑洞去，其实也倒不坏，因为我们可以得到静息。但又不这样简单。中间经过几多花样，经过多长的路才能达到呢？谁知道。当我们还没有达到以前，脚下又正在踏着一块界石的时候，我们命定的只能向前看，或向后看。向后看，灰蒙蒙，不新奇了。向前看，灰蒙蒙，更不新奇了，然而，我们可以做梦。再要问：我们要做什么样的梦呢？谁知道。一切都交给命运去安排吧。

1934年1月24日

第二辑

夜来香开花的时候

红

在我刚从故乡里走出来以后的几年里，我曾有过一段甜蜜的期间，是长长的一段。现在回忆起来，虽然每一件事情都仿佛有一层灰蒙蒙的氛围萦绕着，但仔细看起来，却正如读希腊的神话，眼前闪着一片淡黄的金光。倘若用了象征派诗人的话，这也算是粉红色的一段了。

当时似乎还没有多少雄心壮志，但眼前却也不缺少时时浮起来的幻想。从一个字不认识，进而认得了许多字，因而知道了许多事情；换了话说，就是从莫名其妙的童年里渐渐看到了人生，正如从黑暗里乍走到光明里去，看一切东西都是新鲜的。我看一切东西都发亮，都能使我的幻想飞出去。小小的心也便日夜充塞了欢欣与惊异。

我就带了一颗充塞了欢欣与惊异的心，每天从家里到一个靠近了墟墙有着一个不小的有点乡村味的校园的小学校里去上学。沙着声念古文或者讲数学的年老而又装着威严的老师，自然引不起我的兴趣，在班上也不过用小刀在桌子上刻花，在书本上画小人头。一下班立刻随了几个小同伴飞跑到小池子边上去捉蝴蝶，或者去拣小石头子；整个的心灵也便倾注在蝴蝶的彩色翅膀上和小石头子的螺旋似的花纹里了。

从家里到学校是一段颇长的路。路既曲折狭隘，也偏僻。顶早的早晨，当我走向学校去的时候，是非常寂静，没有什么人走路的。然而，在我开始上学以后不久，我却遇到一个挑着担子卖绿豆小米的。以后，接连着几个早晨都遇到他。有一天的早晨，他竟向我微笑了。他是一个近于老境的中年人，有一张纯朴的脸。无论在衣服上在外貌上都证明他是一个老实的北方农民。然而他的微笑却使我有点窘，也害臊。这微笑在早晨的柔静的空气里回荡。我赶紧避开了他。整整地一天，他的微笑在我眼前晃动着。

第二天早晨，当我刚走出了大门，要到学校去的时候，我又遇到了他。他把担子放在我家门口，正同王妈争论米豆的价钱。一看到我，脸上立刻又浮起了微笑；嘴动了动，看样子是要对我讲话了。这微笑使我更有点窘，也更害怕，我又赶紧避开了他，匆匆地走向学校去。——那时大概正是春天。在未出大门之先，我走过了一段两边排列着正在开着的花的甬道。我也看到春天的太阳在这中年人的脸上跳跃。

在学校里仍然不外是捉蝴蝶，找石子。当我走回家坐在一间阴暗的屋里一张书桌旁边的时候，我又时时冲动似的想到这老实纯朴的中年人。他为什么向我笑呢？当时童稚的心似乎无论怎样也不能了解。小屋里在白天也是黑黝黝的。仅有的一个窗户给纸糊满了。窗外有一棵山丁香，正在开着花。窗户像个闸，把到处都充满了花香鸟语的春光闸在外面。当暮色从四面高高的屋顶上溜进了小院来的时候，我不再想到这中年人，我的心被星星的光吸引住，给蝙蝠的翅膀拖到苍茫的太空里去了。

接连着几天的早晨，我仍然遇到这中年人，每天放学回来就喝着买他的绿豆和小米做成的稀饭。因为见面熟了，我不再避开他。我知道他想同我讲话也不过是喜欢小孩的一种善意的表示。我们开始谈起话来。他所说的似乎都是些离奇怪诞的话。他告诉我：他见到过比象大的老鼠。这却不足使我震惊，因为当时我还没能看到过象。我觉得顶有趣的是他说到一个馒头皮竟有四里地厚，一个人啃了几个月才啃到馅；怎样一个鸡下了个比西瓜还大的蛋；怎样一个穷小子娶了个仙女。当他看到我瞪大了错愕的眼睛看着他的时候，这老实的中年人孩子似的笑起来了。

经过了明媚的春天，接着是长长的暑假。暑假过了，是瑟冷的秋天：看落叶在西风里战抖。跟着来了冬天：看白雪装点的枯树。雪的早晨，我们堆雪人。晚上，我们在小院里捉迷藏。每天上学的时候，仍然碰到这中年人。回到家里来的时候，就又坐在那阴暗的屋里一张小桌旁看书什么的。窗户仍然是个闸，把夏的蓝得有点儿古怪的天、秋的长天、冬的灰暗的天都闸在外面。只有从纸缝里看到星星的光、月的光，听秋蝉的嘶声从黄了顶的树上飘下来，听大雪天寒鸦冷峭的鸣声。仿佛隔了一层世界。——就这样生活竟意外地平静，自己也就平静地活下去。

当第二年的清朗的春天看看要化入夏天的炎辉里去的时候，自己的心情上微微起了点变化。也许因为过去的生活太单调，心里总仿佛在渴望着什么似的，感到轻微的不满足。在学校里班上对刻字画人头也感到烦腻；沙着声念古文的老教员更使我讨厌得不可言状。这位老实的中年人的荒唐话再也不能引起我的兴趣。以前寄托在蝴蝶的彩色翅膀上、小石子的花纹里的空灵的天堂幻灭了。我渴望着抓到一个新的天堂，但新的却究竟在什么地方呢？

就在这时候，因了一个机缘的凑巧，我看到了《彭公案》之类的武侠小说。这里面给了我另外一个新奇的天堂——一个人凭空会上屋，会在树顶上飞。更荒唐的，一个怪人例如和尚道士之流的，一张嘴就会吐着一道白光，对方的头就在这白光里落下了来。对我，这是一个天大的奇迹。这奇迹是在蝴蝶翅膀上、小石子的花纹里绝对找不到的。我失掉的天堂终于又在这里找到了。

最初读的时候，自然有许多不识的字。但也能勉强看下去，而明了书里的含意。只要一看书的插图，就使我够满意的了：一个个有着同普通人不一样的眼、眉、胡子。手里都拿着刀枪什么的。这些图上的小人占据了我整个的心。我常常整整的一个过午逃了学，找一个僻静的地方去读小说。黄昏的时候，走回家去，红着脸对付家里大人们的询问。脑子里仍然满装着剑仙剑侠之流的飞腾的影子。晚上，夜深人静的时候，一觉醒转来，看看窗纸上微微有点白光的晃动；我知道，这是王妈起来纺麻线了。我于是也悄悄地起来，拿一本小说，就着纺线的灯光瞅着一行行蚂蚁般大的小字，一直读到小字真像蚂蚁般的活动起来。一闭眼，眼前浮动着一丛丛灿烂的花朵。这时候才嗅到夜来香的幽香一阵阵往鼻子里挤。花的香合了梦一齐压上了我。第二天早晨到学校去的路上，倘若遇到那位老实的中年人，我不再听他那些荒唐怪诞的话；我却要把我的剑侠剑仙之流的飞腾说给他听了。

我现在也有了雄心壮志了，是荒唐的雄心壮志。我老想着，怎样我也可以一张嘴就吐出一道白光，使敌人的头在白光里掉在地上；怎样我也可以在黑夜的屋顶上树顶上飞。在我眼前蓦地有一条黑影一晃，我知道是来了能人了。我于是把嘴一张，立刻一道白光射出去，眼看着那人从几十丈高的墙上翻身落下去。这不是天下的奇观吗？自己心里仿佛真有那样一回事似的愉快。同时，也正有同我年纪差不多的小孩子，他们也有着同样的雄心壮志。他们告诉我，怎样去练铁砂掌，怎样去练隔山打牛。我于是回到家里就实行。候着没有人在屋里的时候，把手不停地向盛着大米或绿豆的缸里插，一直插到全手麻木了，自己一看，指甲与肉接连着的一部分已经磨出了血。又在帐子顶上悬上一个纸球，每天早晨起床之先，先向空打上一百掌，据说倘若把球打动了，就能百步打人。晚上，在小院里，在夜来香的丛中，背上斜插着一条量布用的尺，当作宝剑。同一群小孩玩的时候，也凛凛然仿佛有不可一世的气概似的。

但是，把手向大米或绿豆里插已经流过几次血，手痛不能再插。凭空打球终于也没看见球微微地动一动。心里渐渐感到轻微的失望。已经找到的天堂现在又慢慢幻灭了去。自己以前的希望难道真的都是幻影吗？以后，又渐渐听到别人说，剑侠剑仙之流的怪人，只有古时候有，现在是不会有的了。我深深地感到失掉幻影的悲哀。但别人又对我说，现在只有绿林豪杰相当于古时候的剑侠。我于是又向往绿林豪杰了。

说到绿林豪杰，当时我还没曾见过。我只觉得他们不该同平常人一样。他们应该有红胡子、花脸、蓝眼睛，一生气就杀人的，正像在舞台上见到的一些人物一样。这都不是很可怕的吗？但当时却只觉得这样的人物的可爱。这幻想支配着我。晚上，我梦着青面红发的人在我屋里跳。第二天早晨起来，无论是花的早晨，雨的早晨，云气空灵的早晨，蝉声鸣彻的早晨，我总是遇到这老实的中年人。他腻着我告诉他关于剑侠剑仙的故事。我红着脸没有说话，却不告诉他我这新的向往。虽然有点窘，我仍然是愉快的。——在我心里也居然有一个秘密埋着了。

这时候，如火如荼的夏天已经渐渐化入秋的明朗里去。每天早晨到学校去的时候，蝉声和秋的气息萦混在微明的空气里。在学校里听年老的老师大声念古文，回到家里来的时候，就仍然坐在阴暗的屋里一张小桌的旁边，做着琐碎的事情，任窗户把秋的长天、带着星星的长天、和了玉簪花的幽香阑在外面。接连着几天的早晨，我没遇到这中年人。我真有点想他，想他那纯朴的北方农民特有的面孔。我仍然走以前走的那偏僻的路。顶早的早晨仍然是非常寂静，没有什么人走路的。我遇不到这老实的中年人，心里感觉到缺少点什么。我踽踽地独行着，这长长的路就更显得长起来。我问自己：难道他有什么意外的不幸的事情吗？

这样也就过了一个多月。等到天更蓝、更高、触目的是一片萧瑟的淡黄色的时候，我心里又给别的东西挤上。这老实的中年人的影子也渐渐消失了。就这样一个萧瑟淡黄的黄昏里，因为有事，我走过一条通到墟子外的古老的石头街。街两边挤满了人，都伸长了脖颈，仿佛期待着什么似的。我也站下来。一问，才知道今天要到墟子外河滩里杀土匪，这使我惊奇。我倒要看看杀人到底是什么样子。不久，就看见刽子手蹒跚地走了过去，背着血痕斑驳的一个包，里面是刀。接着是马队、步队。在这一队人的中间是反手缚着的犯人，脸色比蜡还黄。别人是啧啧地说这家伙没种的时候，我却奇怪起来：为什么这人这样像那卖绿豆小米的老实的中年人呢？随着就听到四周的人说：这人怎样在乡里因为没饭吃做了土匪，后来洗了手，避到济南来卖绿豆小米，终于给人发现了捉起来。我的心立刻冰冷了，头嗡嗡地响，我却终于跟了人群到墟子外去，上千上万的人站成了一个圈子。这老实的中年人跪在正中，只见刀一闪，一道红的血光在我眼前一闪。我的眼花了。回看西天的晚霞正在天边上结成了一朵大大的红的花。

这红的花在我眼前晃动。当我回到那阴暗的屋里去的时候，窗户虽然仍然能把秋的长天闸在外面，我的眼仿佛能看透窗户，看到有着星星的夜的天空满是散乱的红的花。我看到已经落净了叶子的树上满开着红的花。红的花又浮到我梦里去，成了橹，成了船，成了花花翅膀的蝴蝶，一直只剩下一片通明的红。第二天早晨上学的时候，冷僻的长长的路上到处泛动着红的影子。在残蝉的声里，我也仿佛听出了红声。小石子的花纹也都转成红的了。

到现在虽然已经过了十多年了，只要我眼花的时候，我仍然能把一切东西看成红的。这红，奇异的红，苦恼着我。我前面不是说，这是粉红色的一段吗？我仍然不否认这话。真的，又有谁能否认呢？我只要回忆到这一段，我就能看见自己的微笑，别人的微笑；连周围的东西也都充满了笑意。咧着嘴的大哭里也充满了无量的甜蜜；我就能看见自己的影子，在向大米缸里插手，在凭空击着纸球；我也就能看见这老实的中年的北方农民特有的纯朴的面孔，他向我微笑着说话的样子，只有这中年人使我这粉红色的一段更柔美。也只有他把这粉红色的一段结尾涂上了大红。这红色给我以大的欢喜，它遮盖了一切存在在我的回忆里的影子。但也对我有大威胁，它时常使我战栗。每次我看到红色的东西，我总想到这老实的中年人。——我仿佛还能看到我们俩第一次见面时春的阳光在他脸上跳跃，和最后一瞥里，他脸上的蜡黄。——我应该怜悯他呢？或者，正相反，我应该憎恶他呢？

1934年7月21日

母与子

一想到故乡，就想到一个老妇人。我自己也觉得奇怪：干皱的面纹，霜白的乱发，眼睛因为流泪多了镶着红肿的边，嘴瘪了进去。这样一张面孔，看了不是很该令人不适的吗？为什么它总霸占住我的心呢？但是再一想到，我是在怎样的一个环境里遇到了这老妇人，便立刻知道，她不但现在霸占住我的心，而且要永远地霸占住了。

现在回忆起来，还恍如眼前的事。——去年的初秋，因为母亲的死，我在火车里闷了一天，在长途汽车里又颠荡了一天以后，又回到八年没曾回过的故乡。现在已经不能确切地记得是什么时候，只记得才到故乡的时候，树丛里还残留着一点浮翠；当我离开的时候就只有淡远的长天下一片凄凉的黄雾了。就在这浮翠里，我踏上印着自己童年游踪的土地。当我从远处看到自己的在烟云笼罩下的小村的时候，想到死去的母亲就躺在这烟云里的某一个角落里，我不能描写我的心情。像一团烈焰在心里烧着，又像严冬的厚冰积在心头。我迷惘地撞进了自己的家。在泪光里看着一切都在浮动。我更不能描写当我看到母亲的棺材时的心情。几次在梦里接受了母亲的微笑，现在微笑的人却已经睡在这木匣子里了。有谁有过同我一样的境遇吗？他大概知道我的心是怎样地绞痛了。我哭，我哭到一直不知道自己是在哭。渐渐地听到四周有嘈杂的人声围绕着我，似乎都在劝解我，都叫着我的乳名，自己听了，在冰冷的心里也似乎得到了点温热。又经过了许久，我才睁开眼。看到了许多以前熟悉现在都变了但也还能认得出来的面孔。除了自己家里的大娘婶子以外，我就看到了这个老妇人：干皱的面纹，霜白的乱发，眼睛因为流泪多了镶着红肿的边，嘴瘪了进去……

她就用这瘪了进去的嘴，一凹一凹地似乎对我说着什么话。我只听到絮絮地扯不断拉不断仿佛念咒似的低声，并没有听清她对我说的什么。等到阴影渐渐地从窗外爬进来，我从窗棂里看出去，小院里也织上了一层朦胧的暗色。我似乎比以前清楚了点。看到眼前仍然挤着许多人。在阴影里，每个人摆着一张阴暗苍白的面孔，却看不到这一凹一凹的嘴了。一打听，才知道，她就是同村的算起来比我长一辈的，应该叫作大娘之流的，在我小时候也曾抱我玩过的一个老妇人。

以后，我过的是一个极端痛苦的日子。母亲的死使我对一切都灰心。以前也曾自己吹起过幻影：怎样在十几年的漂泊生活以后，回到故乡来，听到母亲的一声含有温热的呼唤，仿佛饮一杯甘露似的，给疲惫的心加一点生气，然后再冲到人世里去。现在这幻影终于证实了是个幻影，我现在是处在怎样一个环境里呢？——寂寞冷落的屋里，墙上布满着灰尘和蛛网。正中放着一个大而黑的木匣子。这匣子装走了我的母亲，也装走了我的希望和幻影。屋外是一个用黄土堆成的墙围绕着的天井。墙上已经有了几处倾地的缺口，上面长着乱草。从缺口里看出去是另一片黄土的墙，黄土的屋顶，黄土的街道，接连着枣树林里的一片淡淡的还残留着点绿色的黄雾，枣林的上面是初秋阴沉的也有点黄色的长天。我的心也像这许多黄的东西一样地黄，也一样地阴沉。一个丢掉希望和幻影的人，不也正该丢掉生趣吗?

我的心，虽然像黄土一样地黄，却不能像黄土一样地安定。我被圈在这样一个小的天井里：天井的四周都栽满了树。榆树最多，也有桃树和梨树。每棵树上都有母亲亲自砍伐的痕迹。在给烟熏黑了的小厨房里，还有母亲没死前吃剩的半个茄子，半棵葱。吃饭用的碗筷，随时用的手巾，都印有母亲的手泽和口泽。在地上的每一块砖上，每一块土上，母亲在活着的时候每天不知道要踏过多少次。这活着，并不邈远，一点都不；只不过是十天前。十天算是怎样短的一个时间呢？然而不管怎样短，就在十天后的现在，我却只看到母亲躺在这黑匣子里。看不到，永远也看不到，母亲的身影再在榆树和桃树中间，在这砖上，在黄的墙，黄的枣林，黄的长天下游动了。

虽然白天和夜仍然交替着来，我却只觉到有夜。在白天，我有颗夜的心。在夜里，夜长，也黑，长得莫名其妙，黑得更莫名其妙；更黑的还是我的心。我枕着母亲枕过的枕头，想到母亲在这枕头上想到她儿子的时候不知道流过多少泪，现在却轮到我枕着这枕头流泪了。凄凉零乱的梦萦绕在我的四周，我睡不熟。在蒙眬里睁开眼睛，看到淡淡的月光从门缝里流进来，反射在黑漆的棺材上的清光。在黑影里，又浮起了母亲的凄冷的微笑。我的心在战栗，我渴望着天明。但夜更长，也更黑，这漫漫的长夜什么时候过去呢？我什么时候才能看到天光呢？

时间终于慢慢地走过去。——白天里悲痛袭击着我，夜间里黑暗压住了我的心。想到故都学校里的校舍和朋友，恍如回望云天里的仙阙，又像捉住了一个荒诞的古代的梦。眼前仍然是一片黄土色。每天接触到的仍然是一张张阴暗灰白的面孔。他们虽然都用天真又单纯的话和举动来对我表示亲热，但他们哪能了解我这一腔的苦水呢？我感觉到寂寞。

就在这时候，这老妇人每天总到我家里来看我。仍然是干皱的面纹，霜白的乱发，眼睛镶着红肿的边，嘴瘪了进去。就用瘪了进去的嘴一凹一凹地絮絮地说着话，以前我总以为她说的不过是同别人一样的劝解我的话，因为我并没曾听清她说的什么。现在听清了，才知道从这一凹一凹的嘴里发出的并不是我想的那些话。她老向我问着外面的事情，尤其很关心地问着军队的事情。对于我母亲的死却一句也不提。我很觉得奇怪。我不明了她的用意。我在当时那种心情之下，有什么心绪同她闲扯呢？当她絮絮地扯不断拉不断地仿佛念咒似的说着话的时候，我仍然看到母亲的面影在各处飘，在榆树旁，在天井里，在墙角的阴影里。寂寞和悲哀仍然霸占住我的心。我有时也答应她一两句。她于是就絮絮地说下去，说她怎样有一个儿子，她的独子，三年前因为在家没有饭吃，偷跑了出去当兵。去年只接到了他的一封信，说是不久就要开到不知道哪里去打仗。到现在又一年没信了。留下一个媳妇和一个孩子。（说着指了指偎她身旁的一个肮脏的拖着鼻涕的小孩。）家里又穷，几年来年成又不好，媳妇时常哭……问我知道不知道他在什么地方。说着，在叹了几口气以后，晶莹的泪点顺着干皱的面纹流下来，流过一凹一凹的嘴，落到地上去了。我知道，悲哀怎样啃着这老妇人的心。本来需要安慰的我也只好反过头来，安慰她几句，看她领着她的孙子沿着黄土的路踽踽地走去的渐渐消失的背影。

接连着几天的过午，她总领着她孙子来看我。她这孙子实在不高明，肮脏又淘气。他死死地缠住她。但是她却一点都不急躁。看着她孙子的拖着鼻涕的面孔，微笑就浮在她这瘪了进去的嘴旁。拍着他，嘴里哼着催眠曲似的歌。我知道，这单纯的老妇人怎样在她孙子身上发现了她儿子。她仍然絮絮地问着我，关于外面军队里的事情。问我知道她儿子在什么地方不。我也很想在谈话间隔的时候，问她一问我母亲活着时的情形，好使我这八年不见面的渴望和悲哀的烈焰消熄一点。她却只“唔唔”两声支吾过去，仍然絮絮地扯不断拉不断地仿佛念咒似的自己低语着，说她儿子小的时候怎样淘气，有一次，他打碎一个碗，她打了他一掌，他哭得真凶呢。大了怎样不正经做活。说到高兴的地方，也有一线微笑掠过这干皱的脸。最后，又问我知道她儿子在什么地方不。我发现了这老妇人出奇的固执。我只好再安慰她两句。在黄昏的微光里，送她出去。眼看着她领着她的孙子在黄土道上踽踽地凄凉地走去。暮色压在她的微驼的背上。

就这样，有几个寂寞的过午和黄昏就度过了。间或有一两天，这老妇人因为有事没来看我。我自己也受不住寂寞的袭击，常出去走走。紧靠着屋后是一个大坑，汪洋一片水，有外面的小湖那样大。是秋天，前面已经说过。坑里丛生着的芦草都顶着白茸茸的花。望过去，像一片银海。芦花的里面是水。从芦花稀处，也能看到深碧的水面。我曾整个过午坐在这水边的芦花丛里，看水面反射的静静的清光。间或有一两条小鱼冲出水面来唼喋着。一切都这样静。母亲的面影仍然浮动在我眼前。我想到童年时候怎样在这里洗澡；怎样在夏天里，太阳出来以前，水面还发着蓝黑色的时候，沿着坑边去摸鸭蛋；倘若摸到一个的话，拿给母亲看的时候，母亲的微笑怎样在当时的童稚的心灵里开成一朵花；怎样又因为淘气，被母亲在后面追打着，当自己被逼紧了跳下水去站在水里回头看岸上的母亲的时候，母亲却因了这过分顽皮的举动，笑了，自己也笑。……然而这些美丽的回忆，却随了母亲给死吞噬了去，只剩了一把两把的眼泪。我要问，母亲怎么会死了？我究竟是什么东西？但一切都这样静。我眼前闪动着各种的幻影。芦花流着银光，水面上反射着青光，夕阳的残晖照在树梢上发着金光：这一切都混杂地搅动在我眼前，像一串串的金星，又像迸发的火花。里面仍然闪动着母亲的面影，也是一串串地，——我忘记了自己，忘记了一切，像浮在一个荒诞的神话里，踏着暮色走回家了。

有时候，我也走到场里去看看。豆子谷子都从田地里用牛车拖了来，堆成一个个小山似的垛。有的也摊开来在太阳里晒着。老牛拖着石碾在上面转，有节奏地摆动着头。驴子也摇着长耳朵在拖着车走。在正午的沉默里，只听到豆荚在阳光下开裂时毕剥的响声，和柳树下老牛的喘气声。风从割净了庄稼的田地里吹了来，带着土的香味。一切都沉默。这时候，我又往往遇到这个老妇人，领着她的孙子，从远远的田地里顺着一条小路走了来，手里间或拿着几支玉蜀黍秸。霜白的发被风吹得轻微地颤动着。一见了我，立刻红肿的眼睛里也仿佛有了光辉。站住便同我说起话来。嘴一凹一凹地说过了几句话以后，立刻转到她的儿子身上。她自己又低着头絮絮地扯不断拉不断地仿佛念咒似的说起来。又说到她儿子小的时候怎样淘气。有一次他摔碎了一个碗。她打了他一掌，他哭得真凶呢。他大了又怎样不正经做活。说到高兴的地方，干皱的脸上仍然浮起微笑。接着又问到我外面军队上的情形，问我知道他在什么地方、见过他没有。她还要我保证，他不会被人打死的。我只好再安慰安慰她，说我可以带信给他，叫他回家来看她。我看到她那一凹一凹的干瘪的嘴旁又浮起了微笑。旁边看的人，一听到她又说这一套，早走到柳荫下看牛去了。我打发她走回家去，仍然让沉默笼罩着这正午的场。

这样也终于没能延长多久，在由一个乡间的阴阳先生按着什么天干地支找出的所谓“好日子”的一天，我从早晨就穿了白布袍子，听着一个人的暗示。他暗示我哭，我就伏在地上咧开嘴号啕地哭一阵，正哭得淋漓的时候，他忽然暗示我停止，我也只好立刻收了泪。

在收了泪的时候，就又可以从泪光里看来来往往的各样的吊丧的人，也就号啕过几场，又被一个人牵着东走西走。跪下又站起，一直到自己莫名其妙，这才看到有几十个人去抬母亲的棺材了。——这里，我不愿意，实在是不可能，说出我看到母亲的棺材被人抬动时的心痛。以前母亲的棺材在屋里，虽然死仿佛离我很远，但只隔一层木板里面就躺着母亲。现在却被抬到深的永恒黑暗的洞里去了。我脑筋里有点糊涂。跟了棺材沿着坑走过了一段长长的路，到了墓地。又被拖着转了几个圈子……不知怎样脑筋里一闪，却已经给人拖到家里来了。又像我才到家时一样，渐渐听到四周有嘈杂的人声围绕着我，似乎又在说着同样的话。过了一会，我才听到有许多人都说着同样的话，里面杂着絮絮地扯不断拉不断的仿佛念咒似的低语。我听出是这老妇人的声音，但却听不清她说的什么，也看不到她那一凹一凹的嘴了。

在我清醒了以后，我看到的是一个变过的世界。尘封的屋里，没有了黑亮的木匣子。我觉得一切都空虚寂寞。屋外的天井里，残留在树上的一点浮翠也消失到不知哪儿去了。草已经都转成黄色，耸立在墙头上，在秋风里打战。墙外一片黄土的墙更黄；黄土的屋顶，黄土的街道也更黄；尤其黄的是枣林里的一片黄雾，接连着更黄更黄的阴沉的秋的长天。但顶黄顶阴沉的却仍然是我的心。一个对一切都感到空虚和寂寞的人，不也正该丢掉希望和幻影吗？

又走近了我的行期。在空虚和寂寞的心上，加上了一点绵绵的离情。我想到就要离开自己漂泊的心所寄托的故乡。以后，闻不到土的香味，看不到母亲住过的屋子、母亲的墓，也踏不到母亲曾经踏过的地。自己心里说不出是什么味。在屋里觉得窒息，我只好出去走走。沿着屋后的大坑踱着。看银耀的芦花在过午的阳光里闪着光，看天上的流云，看流云倒在水里的影子。一切又都这样静。我看到这老妇人从穿过芦花丛的一条小路上走了来。霜白的乱发，衬着霜白的芦花，一片辉耀的银光。极目苍茫微明的云天在她身后伸展出去，在云天的尽头，还可以看到一点点的远村。这次没有领着她的孙子。神气也有点匆促，但掩不住干皱的面孔上的喜悦。手里拿着有一点红颜色的东西，递给我，是一封信。除了她儿子的信以外，她从没接到过别人的信。所以，她虽然不认字，也可以断定这是她儿子的信。因为村里人没有能念信的，于是赶来找我。她站在我面前，脸上充满了微笑；红肿的眼里也射出喜悦的光，瘪了进去的嘴仍然一凹一凹地动着，但却没有絮絮的念咒似的低语了。信封上的红线因为淋过雨扩成淡红色的水痕。看邮戳，却是半年前在河南南部一个做过战场的县城里寄出的。地址也没写对，所以经过许多时间的辗转。但也居然能落到这老妇人手里。我的空虚的心里，也因了这奇迹，有了点生气。拆开看，寄信人却不是她儿子，是另一个同村的跑去当兵的。大意说，她儿子已经阵亡了，请她找一个人去运回他的棺材。——我的手战栗起来。这不正给这老妇人一个致命的打击吗？我抬眼又看到她脸上抑压不住的微笑。我知道这老人是怎样切望得到一个好消息。我也知道，倘若我照实说出来，会有怎样一幅悲惨的景象展开在我眼前。我只好对她说，她儿子现在很好，已经升了官，不久就可以回家来看她。她喜欢得流下眼泪来。嘴一凹一凹地动着，她又扯不断拉不断地絮絮地对我说起来。不厌其详地说到她儿子各样的好处，怎样她昨天夜里还做了一个梦，梦着他回来。我看到这老妇人把信揣在怀里转身走去的渐渐消失的背影，我再能说什么话呢？

第二天，我便离开我故乡里的小村。临走，这老妇人又来送我。领着她的孙子，脸上堆满了笑意。她不管别人在说什么话，总絮絮地扯不断拉不断地仿佛念咒似的自己低语着。不厌其详地说到她儿子的好处，怎样她昨天夜里还做了一个梦，梦见她儿子回来，她儿子已经升成了官了。嘴一凹一凹地急促地动着。我身旁的送行人的脸色渐渐有点露出不耐烦，有的也就躲开了。我偷偷地把这信的内容告诉别人，叫他在我走了以后慢慢地转告给这老妇人。或者简直就不告诉她。因为，我想，好在她不会再有许多年的活头，让她抱住一个希望到坟墓里去吧。当我离开这小村的一刹那，我还看到这老妇人的眼睛里的喜悦的光辉，干皱的面孔上浮起的微笑……

不一会，回望自己的小村，早在云天苍茫之外，触目尽是长天下一片凄凉的黄雾了。

在颠簸的汽车里，在火车里，在驴车里，我仍然看到这圣洁的光辉，圣洁的微笑，那老妇人手里拿着那封信。我知道，正像装走了母亲的大黑匣子装走了我的希望和幻影，这封信也装走了她的希望和幻影。我却又把这希望和幻影替她拴在上面，虽然不知道能拴得久不。

经过了萧瑟的深秋，经过了阴暗的冬，看死寂凝定在一切东西上。现在又来了春天。回想故乡的小村，正像在故乡里回想到故都一样。恍如回望云天里的仙阙，又像捉住了一个荒诞的古代的梦了。这个老妇人的面孔总在我眼前盘桓：干皱的面纹，霜白的乱发，眼睛因为流泪多了镶着红肿的边，嘴瘪了进去。又像看到她站在我面前，絮絮地扯不断拉不断地仿佛念咒似的低语着，嘴一凹一凹地在动。先仿佛听到她向我说，她儿子小的时候怎样淘气，怎样有一次他摔碎了一个碗，她打了他一巴掌，他哭。又仿佛看到她手里拿着一封雨水渍过的信，脸上堆满了微笑，说到她儿子的好处，怎样她做了一个梦，梦着他回来……然而，我却一直没接到故乡里的来信。我不知道别人告诉她她儿子已经死了没有，倘若她仍然不知道的话，她愿意把自己的喜悦说给别人，却没有人愿意听。没有我这样一个忠实的听者，她不感到寂寞吗？倘若她已经知道了，我能想象，大的晶莹的泪珠从干皱的面纹里流下来，她这瘪了进去的嘴一凹一凹地，她在哭，她又哭晕了过去……不知道她现在还活在人间没有？——我们同样都是被厄运踏在脚下的苦人，当悲哀正在啃着我的心的时候，我怎忍再看你那老泪浸透你的面孔呢？请你不要怨我骗你吧，我为你祝福！

1934年4月1日

寻　梦

夜里梦到母亲，我哭着醒来。醒来再想捉住这梦的时候，梦却早不知道飞到什么地方去了。

我瞪大了眼睛看着黑暗，一直看到只觉得自己的眼睛在发亮。眼前飞动着梦的碎片，但当我想把这些梦的碎片捉起来凑成一个整体的时候，连碎片也不知道飞到什么地方去了。眼前剩下的就只有母亲依稀的面影……

在梦里向我走来的就是这面影。我只记得，当这面影才出现的时候，四周灰蒙蒙的，母亲仿佛从云堆里走下来。脸上的表情有点同平常不一样，像笑，又像哭。但终于向我走来了。

我是在什么地方呢？这连我自己也有点弄不清楚。最初我觉得自己是在现在住的屋子里。母亲就这样一推屋角上的小门，走了进来。橘黄色的电灯罩的穗子就罩在母亲头上。于是我又想了开去，想到哥廷根的全城：我每天去上课走过的两旁有惊人的粗的橡树的古旧的城墙，斑驳陆离的灰黑色的老教堂，教堂顶上的高得有点古怪的尖塔，尖塔上面的晴空。

然而，我的眼前一闪，立刻闪出一片芦苇，芦苇的稀薄处还隐隐约约地射出了水的清光。这是故乡里屋后面的大苇坑。于是我立刻觉到，不但我自己是在这苇坑的边上，连母亲的面影也是在这苇坑的边上向我走来了。我又想到，当我童年还没有离开故乡的时候，每个夏天的早晨，天还没亮，我就起来，沿了这苇坑走去，很小心地向水里面看着。当我看到暗黑的水面下有什么东西在发着白亮的时候，我伸下手去一摸，是一只白而且大的鸭蛋。我写不出当时快乐的心情。这时再抬头看，往往可以看到对岸空地里的大杨树顶上正有一抹淡红的朝阳——两年前的一个秋天，母亲就静卧在这杨树的下面，永远地，永远地。现在又在靠近杨树的坑旁看到她生前八年没见面的儿子了。

但随了这苇坑闪出的却是一枝白色灯笼似的小花，而且就在母亲的手里。我真想不出故乡里什么地方有过这样的花。我终于又想了回来，想到哥廷根，想到现在住的屋子，屋子正中的桌子上两天前房东曾给摆上这样一瓶花。那么，母亲毕竟是到哥廷根来过了，梦里的我也毕竟在哥廷根见过母亲了。

想来想去，眼前的影子渐渐乱了起来。教堂尖塔的影子套上了故乡的大苇坑。在这不远的后面又现出一朵朵灯笼似的白花。在这一些的前面若隐若现的是母亲的面影。我终于也不知道究竟在什么地方看到的母亲了。我努力压住思绪，使自己的心静了下来，窗外立刻传来潺潺的雨声，枕上也觉得微微有寒意。我起来拉开窗幔，一缕清光透进来。我向外怅望，希望发现母亲的足迹。但看到的却是每天看到的那一排窗户，现在都沉在静寂中，里面的梦该是甜蜜的吧！

但我的梦却早飞得连影都没有了，只在心头有一线白色的微痕，蜿蜒出去，从这异域的小城一直到故乡大杨树下母亲的墓边；还在暗暗地替母亲担着心：这样的雨夜怎能跋涉这样长的路来看自己的儿子呢？此外，眼前只是一片空蒙，什么东西也看不到了。

天哪！连一个清清楚楚的梦都不给我吗？我怅望灰天，在泪光里，幻出母亲的面影。

1936年7月11日于哥廷根

夜来香开花的时候

夜来香开花的时候，我想到王妈。我不能忘记，在我刚走出童年的几年中，不知道有几个夏夜里，当闷热渐渐透出了凉意，我从飘忽的梦境里转来的时候，往往可以看到窗纸上微微有点白；再一沉心，立刻就有嗡嗡的纺车的声音，混着一阵阵的夜来香的幽香，流了进来。倘若走出去看的话，就可以看到，一盏油灯放在夜来香丛的下面，昏黄的灯光照彻了小院，把花的高大支离的影子投在墙上，王妈坐在灯旁纺着麻，她的黑而大的影子也被投在墙上，合了花的影子在晃动着。

她是老了。我不知道她什么时候到我们家里来的。当我从故乡里来到这个大都市的时候，我就看到她已经在我们家里来来往往地做着杂事。那时，已经似乎很老了。对我，从那时到现在，是一个从莫名其妙的朦胧里渐渐走到光明的一段。最初，我看到一切事情都像隔了一层薄纱。虽然到现在这层薄纱也没能撤去，但渐渐地却看到了一点光亮，于是有许多事情就不能再使我糊涂。就在这从朦胧到光亮的一段里，我们搬过两次家。第一次搬到一条歪曲铺满了石头的街上。王妈也跟了来。房子有点旧，墙上满是雨水的渍痕。只有一个窗子的屋里白天也是暗沉沉的。我童年的大部分的时间就在这黑暗屋里消磨过去。院子里每一块土地都印着我的足迹。现在我还能清晰地记起来屋顶上在秋风里战抖的小草，墙角檐下挂着的蛛网。但倘若笼统想起来的话，就只剩一团苍黑的印象了。

倘若我的记忆可靠的话，在我们搬到这苍黑的房子里第二年的夏天，小小的院子里就有了夜来香。当时颇有一些在一起玩的小孩，往往在闷热的黄昏时候聚在一块，仰卧在席上数着天空里飞来飞去的蝙蝠。但是最引我们注意的却是夜来香的黄花——最初只是一个长长的花苞，我们目不转睛地注视着它。还不开，还不开，蓦地一眨眼，再看时，长长的花苞已经开放成伞似的黄花了。在当时的心里，觉得这样开的花是一个奇迹。这花又毫不吝惜地放着香气。王妈也很高兴。每天她总把所有开过的花都数一遍。当她数着的时候，随时有新的花在一闪一闪地开放着。她眼花缭乱，数也数不清。我们看了她慌张而又用心的神情，不禁一哄笑起来。就这样每一个黄昏都在奇迹和幽香里度过去。每一个夜跟着每一个黄昏走了来。在清凉的中夜里，当我从飘忽的梦境里转来的时候，就可以看到王妈的投在墙上的黑而大的影子在合着夜来香的影子晃动了。

就在这样一个环境里，我第一次觉到我的眼前渐渐地亮起来。以前我看王妈只像一个影子。现在我才发现她也同我一样地是一个活动的人。但是我仍然不明了她的身世。在小小的心灵里，我并想不到她这样大的年纪出来佣工有什么苦衷；我只觉得她同我们住在一起，就是我们家里的一个人，她也应该同我们一样地快活。童稚的心岂能知道世界上还有不快活的事情吗？

在初秋的暴雨里，我看到她提着篮子出去买菜；在严冬大雪的早晨，我看到她点着灯起来生炉子。冷风把她手吹得红萝卜似的开了裂，露出鲜红的肉来。我永远忘不掉这两只有着鲜红裂口的手！她有自己的感情，自己的脾气，这些都充分表示出一个北方农民的固执与倔强。但我在黄昏的灯下却常听到她不时吐出的叹息了。我从小就是孤独的。在我小小的心里，一向感觉到缺少点什么。我虽然从没叹息过，但叹息却堆在我的心里。现在听了她的叹息，我的心仿佛得到被解脱的痛快。我愿意听这样的低咽的叹息从这垂老的人的嘴里流出来。在她，不知因为什么，闲下来的时候，也总爱找着我说话。她告诉我，她的丈夫是她村里唯一的秀才，但没能捞上一个举人就死去了。她自己被家里的妯娌们排挤，不得已才出来佣工。有一个儿子，因为乡里没有饭吃，到关外做买卖去了。留下一个媳妇在这大城里，似乎也不大正经。她又告诉我，她年轻的时候，怎样刚强，怎样有本领，和许多别的美德；但谁又知道，在垂老的暮年又被迫着走出来谋生，只落得几声叹息呢？

以后，这叹息就时时可以听到。她特别注意到我衣服寒暖。在冬天里，她替我暖，在夏夜里，她替我用大芭蕉扇赶蚊子。她仍然照常地提着篮子出去买菜，冬天早晨用开了鲜红裂口的手生炉子。当夜来香开花的时候，又可以看到她郑重其事地数着花朵。但在不寐的中夜里，晚秋的黄昏里，却连续听到她的叹息，这叹息在沉寂里回荡着，更显得凄冷了。她仿佛时常有话要说。被追问的时候，却什么也不说，脸上只浮起一片惨笑。有时候有意与无意之间，又说到她年轻时候的倔强，她的秀才丈夫。往往归结说到她在关外做买卖的儿子。我们都可以看出来，这老人怎样把暮年的希望和幻想放在她儿子身上。我也曾替她写过几封信给她的儿子，但终于也没能得到答复。这老人心里的悲哀恐怕只有她一个人知道了。

不记得是哪一年，在夏天，又是夜来香开花的时候，她儿子来了信。信里说的，却并不像她想的那样满意，只告诉她，他在关外勤苦几年挣的钱都给别人骗走了；他因为生气，现在正病着，结尾说："倘若母亲还要儿子的话，就请汇钱给我回家。"这样一封信给她怎样的影响，我们大概都可以想象得出。连着叹了几口气以后，她并没说什么话，但脸色却更阴沉了。这以后，没有叹气，我们只看到眼泪。

我前面不是说，我渐渐从朦胧里走向光明里去吗？现在我眼前似乎更亮了。我看透了一些事情：我知道在每个人嘴角常挂着的微笑后面有着怎样的冷酷；我看出大部分的人们都给同样黑暗的命运支配着。王妈就在这冷酷和黑暗的命运下呻吟着活下来。我看透了这老人的眼泪里有着无量的凄凉。我也了解了她的寂寞。

在这时候，我们又搬了一次家，只不过从这条铺满了石头的街的中间移到南头。王妈仍然跟了来。房子比以前好一点，再看不到四壁的雨痕和蜘蛛。每座屋子也都有了两个以上的窗子，而且窗子上还有玻璃。尤其使我满意的是西屋前面两棵高过房檐的海棠。时候大概是春天，因为才搬进来的时候，树上还开满着一团团的花。就在这一年的夏天，大概因为院子大了一点吧，满院里，除了一个大水缸养着子午莲和几十棵凤仙花和其他杂花以外，便只看到一丛丛的夜来香。我现在已经不是孩子，有许多地方要摆出安详的样子来；但在夏天的黄昏时候，却仍然做着孩子时候做的事情。我坐在院子里数着天上飞来飞去的蝙蝠。看着夜色慢慢织入夜来香丛里，一片朦胧的薄暗。一眨眼，眼前已经是一片黄黄的伞似的花了。跟着又有幽香流过来。夜里同蚊子打过了仗，好容易睡过去。各样的梦做过了以后，从飘忽的梦境里转来的时候，往往可以看到窗上有点白，听到嗡嗡的纺车的声音。走出去，就可以看到王妈的黑大的投在墙上的影子在合着夜来香的影子晃动了。

王妈更老了。但我仍然只看到她的眼泪。在她高兴的时候，她又谈到她的秀才丈夫，她的不大正经的儿媳妇，和她病倒在关外的儿子。她仍然提着篮子出去买菜，冬天老早起来生炉子，从她走路的样子上看来，她真有点老了；虽然她自己在别人说她老的时候还在竭力否认着。她有颗简单纯朴的心。因了年纪更大的关系，这颗心似乎就更纯朴简单。往往因为少得了一点所应得的东西，我们就可以看到她的干瘪了的嘴并拢在一起，腮鼓着。似乎要有什么话从里面流了出来。然而在这样的情形下往往是没有什么流出的。倘若有人意外地给了她点什么，我们也可以意外地看到这老人从心里流出来的快意的笑了。她不会做荒唐的梦，极小的得失可以支配她的感情。她有一颗简单的心。

日子一天一天地过去，这寂寞的老人就在这寂寞里活下去。上天给了她一个爽直的性情，使她不会向别人买好，不会在应当转圈的时候转圈。因为这，在许多极琐碎的事情上，她给了别人一点小小的不痛快，她自己却得到一个更大的不痛快。这时候，我们就见她在把干瘪了的嘴并拢以后，又在暗暗地流着眼泪了。我们都知道，这眼泪并不像以前想到她儿子时的那眼泪那样有意义。这样的眼泪流多了，顶多不过表示她在应当流的泪以外，还有多余的泪，给自己一点轻松。泪流过了不久，就可以看到她高兴地在屋里来来往往地做着杂事了。她有一颗同孩子一样的简单的心。

在没搬家过来以前，我已经到一个在城外的四面满是湖田和荷池的学校里去读书，就住在那里。只在星期日回家一次。在学校里死沉的空气里住过六天以后，到家里觉得仿佛到了另一个世界。进门先看到王妈的欢乐的微笑。等到踏着暮色走回去的时候，心里竟觉得意外地轻松。这样的情形似乎也延长不算很短的一个期间。虽然我自己的心情随时都有着变化，生活却显得惊人地单调。回看花开花落，听老先生沙着声念古文，拼命地在饭堂里抢馒首，感情冲动的时候，也热烈地同别人打架，时间也就慢慢地过去。

又忘记了是多少时候以后，是星期日，当时我从学校里走回家去的时候，我看到一个黄瘦个儿很高的中年男子在替我们搬移着桌子之类的东西。旁人告诉我，这就是王妈的儿子。几个月以前她把储蓄了几年的钱都汇给他，现在他居然从关外回到家来了。但带回来的除了一床破棉被以外，就剩了一个有着几乎各类的一个他那样用自己的力量来换面包的中年人所能有的病的身子，和一双连霹雳都听不到的耳朵。但终于是个活人，是她的儿子，而且又终于回到家里来了。

王妈高兴。在垂暮的老年，自己的独子，从迢迢的塞外回到她跟前来，这样奇迹似的遭遇怎能不使她高兴呢？说到儿子的身体和病，她也会叹几口气，但儿子终于是儿子，这叹息掩不过她的高兴的，不久，她那不大正经的媳妇也不知从哪里名正言顺地找了来，于是一个小家庭就组成了。儿子显然不能再干什么重劳力的活了，但是想吃饭除了劳力之外又似乎没有第二条路可走。在我第二星期回到家里来的时候，就看到她那说话也需要打手势的儿子在咳嗽着一出一进地挑着满桶的水卖钱了。

这以后，对王妈，对我们家里的人，有一个惊人的大转变。从她那里，我们再听不到叹息，看不到眼泪，看到的只有微笑。有时儿子买了一个甜瓜或柿子，甚至几个小小的梨，拿来送给母亲吃。儿子笑，不说话；母亲也笑，更不说话。我们都可以看出来这笑怎样润湿了这老人的心。每逢过节，或特别日子的时候，儿子把母亲接回家去。当吃完儿子特别预备的东西走回来的时候，这老人脸上闪着红光。提着篮子买菜也更带劲，冬天早晨也更起得早。生命对她似乎是一杯香醪。她高兴地活下去，没有了寂寞，也没有了凄凉，即便再说到她丈夫的时候，也只有含着笑骂一声：“早死的死鬼！”接着就兴高采烈地夸起自己年轻时的美德来了。我们都很高兴。我们眼看着这老人用手捉住自己的希望和幻想。辛勤了几十年，现在这希望才在她心里开成了花。

日子又平静地过下去。微笑似乎没离开过她。这老人正做着一个天真的梦。就这样差不多过了一年的时间。中间我还在家里住了一个暑假，每天黄昏时候，躺在院子里的竹床上，数着天上的蝙蝠。夜来香每天照例一闪便开了。我们欣赏着花的香，王妈更起劲地像煞有介事似的数着每天开过的花。但在暑假过了以后，当我再每星期日从学校里走回家来的时候，我看到空气似乎有点不同。从王妈那里我又常听到叹息了。她又找着我说话，她告诉我，儿子常生病，又聋。虽然每天拼命挑水，在有点近于接受别人恩惠的情形下接了别人的钱，却连肚皮也填不饱。这使他只有更拼命；然而结果，在已经有了的病以外，又添了其他可能的新病。儿媳妇也学上了许多新的譬如喝酒抽烟之类的毛病。她丈夫自然不能满足她；凭了自己的机警，公然在她丈夫面前同别人调情，而且又进一步姘居起来了。这老人早起晚睡侍候别人颜色挣来的钱，以前是被严谨地锁在一个箱子里的，现在也慢慢地流出来，换成面包，填充她儿子的肚皮了。她为儿子的病焦灼，又生媳妇的气；却没办法。这有一颗简单的心的老人只好叹息了。

儿子病的次数加多起来，而且也厉害起来。在很短的期间，这叹息就又转成眼泪了。以前是因为有幻想和希望而不能捉到才流泪；现在眼看着幻想和希望要在自己手里破碎，这泪当然更沉痛了。我虽然不常在家里，但常听人们说到，每次她从儿子那里回来的时候，总带回来惊人多的叹息和眼泪。问起来，她就说到儿子怎样病，几天不能挑水，柴米没有，媳妇也不知道跑到什么地方去了。于是在静寂的中夜里，就又常听到她低咽的暗泣。她现在再也没有心绪谈到她的秀才丈夫，夸耀自己年轻时的美德，处处都表示出衰老的样子。流泪成了日常的工作；泪也终于流不完。并没延长了多久，她有了病，眼也给一层白膜障上了。她说，她不想死。真的，随处都表示出，她并不想死。她请医生，供神水，喝符，用大葱叶包起七个活着的蜘蛛生生吞下去，以及一切的偏方正方。为了自己的身子，她几乎忘掉了一切。大约有几个月以后吧，身子好了，却只剩下了一只眼。

她更显得衰老了。腰佝偻着，剩下的一只眼似乎也没有什么大用。走路的时候，只是用手摸索着走上去。每次我看她拿重一点的东西而曲着背用力的时候，看到她从儿子那里回来含着泪慢慢地踱进自己的幽暗的小屋里去的时候，我真想哭。虽然失掉一只眼睛，但并没有失掉了固有的性情，她仍然倔强，仍然不会买好，不会在应当转圈的时候转圈；也就仍然常常碰到点小不痛快，流两次无所谓的眼泪。她同以前一样，有着一颗简单又纯朴的心。

四年前，为了一个近于荒诞的理想，我从故乡来到这辽远的故都里。我看到的自然是另一个新的世界，但这世界却不能吸引着我；我时常想到王妈，想到她数夜来香的神情，想到她红萝卜似的开了鲜红裂口的手。第一年寒假回家的时候，迎着我的是她的欢迎的微笑。只有我了解她这笑是怎样勉强做出来的。前年的冬天，我又回家去。照例一阵微微的晕眩以后，我发现家里少了一个人，以前笑着欢迎我的王妈到哪里去了呢？问起来，才知道这老人已经回老家去了。在短短的半年里，她又遭遇到许多不如意的事情。因为看到放在儿子身上的希望和幻想渐渐渺茫起来，又因为自己委实得有点老了，于是就用勉强存起来的一点钱在老家托人买了一口棺材。这老人已经看透了自己一生决定了不过是这么回事；趁着没死的时候，预备点东西，过一个痛快的死后的生活吧。但这口棺材却毫无理由地被她一个先死去的亲戚占去了。从年轻时候守节受苦，到垂老的暮年出来佣工，辛苦了一生，老把自己的希望和幻想拴在儿子身上，结果是幻灭；好容易自己又制了一个死后的美丽的梦，现在又给打碎了。她不懂怎样去诉苦，也没人可诉。这颗经了七十年痛创的简单又纯朴的心能容得下这些破损吗？她终于病倒了。

正要带着儿子和媳妇回老家去养病的时候，儿子竟然经不起病的摧折死去了。我不忍去想象，悲哀怎样啮着这老人的心。她终于回了家。我们家里派了一个人去送她。临走的时候，她还带着恳乞的神气说："只要病好了，我还回来。"生命的火还在她心里燃烧着，她不想死的。在严冬的大风雪里，在灰暗的长天下，坐在一辆独轮小车上，一个垂老的人，带了自己独子的棺材，带了一个艰苦地追求了一辈子而终于得到的大空虚，带了一颗碎了的心，回到自己的故乡里去，把一切希望和幻想都抛到后面，人们大概总能想象到这老人的心情吧！我知道会有种种的幻影在她眼前浮掠，她会想到过去自己离开家时的情景，然而现在眼前明显摆着的却是一个不可避免的黑洞，一切就都归到这洞里去。车走上一个小木桥的时候，忽然翻下河去，这老人也被倾到水里。被人捞上来的时候，浑身都结了冰。她自己哭了，别人也都哭起来。人生到这样一个地步，还有什么话可以说呢？这纯朴的老人也不能不咒骂自己的命运了。

我不忍去想象，她怎样在那穷僻的小村里活着的情形。听人说，剩下的一只眼睛也哭得失了明。自己的房子已经卖给别人，只好借住在亲戚家里。一闭眼，我就仿佛能看到她怎样躺到床上呻吟，但没有人去理会她；她怎样起来沿着墙摸索着走，她怎样呼喊着老天。她的红萝卜似的开了裂口流着红血的手在我眼前颤动……以前存的钱一个也没能剩下，她一定会回忆到自己困顿的一生，受尽人们的唾弃，老年也还免不了早起晚睡侍候别人的颜色；到死却连自己一点无论怎样不能成为希望和幻想的希望和幻想都一个不剩地破碎了去。过去的黑影沉重地压在她心头。人到欲哭无泪的地步，还有什么话可说呢？我听不到她的消息，我只有单纯地有点近于痴妄地希望着，她能好起来，再回到我们家里去。

但这岂是可能的呢？第二年暑假我回家的时候，就听人说，王妈死了。我哭都没哭，我的眼泪都堆在心里，永远地。现在我的眼前更亮，我认识了怎样叫人生，怎样叫命运。——小小的院子里仍然挤满了夜来香。黄昏里我仍然坐在院子里的竹床上，悲哀沉重地压住了我的心。我没有心绪再数蝙蝠了。在沉寂里，夜来香自己一闪一闪地开放着，却没有人再去数它们。半夜里，当我再从飘忽的梦境里转来的时候，看不到窗上的微微的白光，也再听不到嗡嗡的纺车的声音，自然更看不到照在四面墙上的黑而大的影子在合着历乱的枝影晃动。一切都死样的沉寂。我的心寂寞得像古潭。第二天早晨起来的时候，整夜散放着幽香的夜来香的伞似的黄花枝枝都枯萎了。没了王妈，夜来香哪能不感到寂寞呢？

1935年

老　人

当我才从故乡来到这个大城市的时候，他已经是个老人了。我现在还记得，当时是骑驴来的。骑了两天，就到了这个大城市。下了驴，又随着父亲走了许多路，一直走得自己莫名其妙，才走到一条古旧的黄土街，我们就转进一个有石头台阶颇带古味的大门里去，迎头是一棵大的枸杞树。因为当时年纪才八九岁，而且刚才走过的迷宫似的长长又曲折的街的影子还浮动在心头，所以一到屋里，眼前只一片花，没有看到一个人，定了定神，才看到了婶母。不久，就又在黑暗的角隅里，发现了这个老人，正在起劲地同父亲谈着话，灰白色的胡子在上下地颤动着。

他并没有什么特异的地方；但第一眼就在我心里印上了一个莫大的威胁。他给了我一个神秘的印象：白色稀疏的胡子，白色更稀疏的头发，夹着一张蝙蝠形的棕黑色的面孔，这样一个综合不是很能够引起一个八九岁的乡下孩子的恐怖的幻想吗？又因为初到一个生地方，晚上再也睡不宁恬，才卧下，就先想到故乡，想到故乡里的母亲。凄迷的梦萦绕在我的身旁，时时在黑暗里发现离奇的幻影。在这时候，这张蝙蝠形的面孔就浮动到我的眼前来，把我带到一个神秘的境地里去。在故乡里的时候，另外一些老人时常把神秘的故事讲给我听，现在我自己就仿佛走到那故事里面去，这有着蝙蝠形的脸的老人也就仿佛成了里面的主人了。

第二天很早就起来，第一个遇到的偏又是这老人。我不敢再看他，我只呆呆地注视着那棵枸杞树，注视着细弱的枝条上才冒出的红星似的小芽，看熹微的晨光慢慢地照透那凌乱的枝条。小贩的叫卖声从墙外飘过来，但我不知道他们叫卖的什么。对我一切都充满了惊异。故乡里小村的影子，母亲的影子，时时浮掠在我的眼前。我一闭眼，仿佛自己还骑在驴背上，还能听到驴子项下的单调的铃声，看到从驴子头前伸展出去的长长又崎岖的仿佛再也走不到尽头的黄土路。在一瞬间这崎岖的再也走不到尽头的黄土路就把自己引到这陌生的地方来。在这陌生的地方，现在（一个初春的早晨）就又看到这样一个神秘的老人在枸杞树下面来来往往地做着事。

老人，却似乎没有我这样的幻觉。他仿佛很高兴，见了我，先打一个招呼，接着就笑起来；但对我这又是怎样可怕的笑呢？鲇鱼须似的胡子向两旁咧了咧，眼与鼻子的距离被牵掣得更近了，中间耸起了几条皱纹。看起来却更像一个蝙蝠，而且像一个跃跃欲飞的蝙蝠了。我害怕，我不敢再看他，他也就拖了一片笑声消逝在枸杞树的下面，留给我的仍然是蝙蝠形的脸的影子，混了一串串的金星，在我眼前晃动着，一直追到我的梦里去。

平凡的日子就这样在不平凡中消磨下去。时间的消逝终于渐渐地把我与他之间的隔膜磨去了。我从别人嘴里知道了关于他的许多事情，知道他怎样在年轻的时候从城南山里的小村里漂流到这个大城市里来；怎样打着光棍在一种极勤苦艰难的情况下活到现在；现在已是一个白须的人了，然而情况却更加艰难下去；不得已就借住在我们房子后院的一间草棚里，做着泥瓦匠。有时候，也替我们做点杂事。我发现，在那微笑下面隐藏着一颗怎样为生活磨透的悲苦的心。就因了这小小的发现，我同他亲近起来。他邀我到他屋里去。他的屋其实并不像个屋，只是一座靠着墙的低矮的小棚。一进门，仿佛走进一个黑洞里去，有霉湿的气息钻进鼻孔里。四壁满布着烟熏的痕迹；顶上垂下蛛网；只有一个床和一张三条腿的桌子。当我正要抽身走出来的时候，我忽然在墙龛里发现了一个肥大的大泥娃娃。他看了我注视这泥娃娃的神情，就拿下来送给我。我不了解，为什么这位奇异的老人还有这样的童心。但这泥娃娃却给了我无量的欣慰，我渐渐地觉得这蝙蝠形的脸也可爱起来了。

闲下来的时候，我也常随着他去玩。他领我上过圩子墙，从这上面可以看到南面云似的一列黛色的山峰，这山峰的顶上是我的幻想常飞的地方；他领我看过护城河，使我惊讶这河里水的清和草的绿。但最常去的地方却还是出大门不远的一个古老的庙里，庙不大，院子里却栽了不少的柏树，浓荫铺满了地，给人森冷幽渺的感觉。阴暗的大殿里列着几座神像，封满了蛛网和尘土，头上有燕子垒的窠。我现在始终不明白，这样一座只能引起成年人们苍茫怀古的情绪的破庙会对一个八九岁的孩子有那样大的诱惑力，一个八九岁的孩子能懂得什么怀古呢？他几乎每天要领我到那里去，我每次也很高兴地随他去。在柏树下面，他讲故事给我听，怎样一个放牛的小孩遇到一只狼，又怎样脱了险，一直讲到黄昏才走回来，但每次带回来的都是满腔的欢欣。就这样，时间也就在愉快中消磨过去。

这年的初夏，我们搬了一次家。随了这搬家而得到的是关于他的一些趣闻。正像其他孤独的人们一样，这老人的心，在他过去的生命里恐怕有一个很不短的期间，都在忍受着孤独的啮噬。男女间最根本最单纯的要求也常迫促着他。终于因了机缘的凑巧，他认识了一个有丈夫而不安于平凡的单调的中年女人。从第一次见面起，会有些什么样的事情在两人间进行着，人们可以用想象去填补，这中年女人不缺少会吐出玫瑰花般的话的嘴，也不缺少含有无量魔力的眼波，这老人为她发狂了。但不久，就听到别人说，一个夜间，两个人被做丈夫的堵到一个屋里，这老人，究竟因为曾做过泥瓦匠，终于从窗户里跳出来，又越过一重墙逃走了。

这以后，人们的谈话常常转到他身上去。我每次见了这蝙蝠形的脸的老人的时候，只是忍不住想笑。我想象不出来这位面孔仿佛很严肃的老人在星光下爬墙逃走的情形。这蝙蝠形的脸还像平常一样地布满了神秘吗？这灰白的胡子还像平常一样地撅着吗？但老人却仍然像平常那样沉静严肃；他仍然要我听他讲故事，怎样一个放牛的小孩遇到一个狼，又怎样脱了险。我再也无心听他讲故事，我只想脱口问了出来，但终于抑压下去，把这个秘密埋在自己的心里，暗暗地玩味着这个秘密给予我的快乐。

老人的情况却愈加狼狈了。以前他住的那座黑洞似的草棚，现在再也在里面住不下去，只好移到以前常领我去玩的那个古庙里去存身。庙里从来没见过和尚和道士的踪影，现在就只有他一个人孤伶地陪着那些头上垒着燕子窝的泥塑的佛像住着。自从他搬了去以后，经过了一个长长的夏天，我没能见到他。在一个夏末的黄昏里，我到庙里去看他。庙仍然同从前一样的衰颓，柏树仍然遮蔽着天空。一进门，四周立刻寂静了起来，仿佛已经走出了喧嚣的人间。我看到老人的背影在大殿的一个角隅里晃动，他回头看到是我，仿佛很高兴，立刻忙着搬了一条凳子。又忙着倒水。从他那迟钝的步伐上伛偻的身躯上看来，这老人确实老了。他向我谈着他这几个月来的情况。我悠然地注视着渐渐暗下来的天空，看夜色织入柏树丛里，又布上了神像。神像的金色的脸在灰暗里闪着淡黄的光。我的心陡然冷了起来，我的四周有森森的鬼气，我自己仿佛走到一个神话的境界里去。但老人却很坦然，他把这些东西已经看惯了，他仍然絮絮地同我谈着话。我的眼前有种种的幻象，我幻想着，在中夜里，一个人睡在这样一个冷寂的古庙里，偶尔从梦中转来的时候，看到一线凄清的月光射到这金面的神像上，射到这朱齿獠牙手持巨斧的大鬼身上，心里会有什么样的感觉呢？我的心愈加冷了起来。

但老人却正在谈得高兴。他告诉我，怎样自己再也不能做泥瓦匠，怎样同街住的人常常送饭给他吃，怎样近来自己的身体处处都显出弱像，叹了几口气之后，结尾却说到自己还希望能壮壮实实地活几年，他说，昨天夜里做了个梦，梦见自己托着一个太阳。人们不是说，梦见托太阳是个好朕兆吗？所以他很高兴，知道自己的身子就会慢慢地壮健起来。说这句话的时候，蝙蝠形的脸缩成一个奇异的微笑。从他的昏暗的眼里蓦地射出一道神秘的光，仿佛在前途还看到希望的幻影，还看到花。我为这奇迹惊住了。我不知道怎样回答他。抬头看外面已经全黑下来，我站起来预备走，当我走出庙门的时候，我好像从一个虚无缥缈的魔窟里走出来，我眼前时时闪动着老人眼里射出来的那一线充满了生命力的光。

看看闷人的夏天要转入淡远的凉秋去的时候，老人的情况更比以前艰苦起来，他得了病，一个长长的秋天就在病中度过去。病好了的时候，他变成了另一个人，身体伛偻得简直要折过去，随时嘴里都在哼哼着，面孔苍黑得像涂过了一层灰。除了哼哼和吐痰以外，他不再做别的事，只好在一种近于行乞的情况下把自己的生命延续下去。就这样过了年。第二年的夏天，听说我要到故都去，他特意走来看我。没进屋门，老远就听到哼哼的声音，坐下以后，在断断续续的哼声中好歹努着力迸出几句话来，接着又是成排的连珠似的咳嗽。蝙蝠形的脸缩成一个奇异的形状。我用一种带有怜悯的心情同他谈着话。我自己想，看样子生命在老人身上也不会存在多久了。在谈话的空隙里，他低着头，眼光固定在地上。我蓦地又看到有同样神秘的光芒从他的眼里射了出来，他仿佛又在前途看到希望的幻影，看到花。我又惊奇了，但老人却仍然很镇定，坐了一会，又拖了自己孤伶的背影蹒跚地走回去。

到故都以后，我走到另一个世界里，许多新奇的事情占据了我的心，我早把老人埋在回忆的深黑的角隅里。第一次回家是在同一年的冬天。虽然只离开了半年，但我想，对老人的病躯，这已经是很够挣扎的一段长长的期间了。恐怕当时连这样想也不曾想过。我下意识地觉得老人已经死了，墓上的衰草正在严冬下做着春的梦。所以我也不问关于他的消息。蓦地想起来的时候，心里只影子似的飘过一片淡淡的悲哀。但我到家后的第五天，正在屋里坐着看水仙花的时候，又听到窗外有哼哼的声音，开门进来的就是这老人。我的脑海里电光似的一闪，这对我简直像个奇迹，我惊愕得不知所措了。他坐下，又从断断续续的哼声中迸出几句套语来，接着仍然是成排的连珠似的咳嗽。比以前还要剧烈，当我问到他近来的情况的时候，他就告诉我，因为受本街流氓的排挤，他已经不能再在那个古庙里存身，就在那年的秋天，搬到一个靠近圩子墙的土洞里去，仍然有许多人送饭给他吃，我们家也是其中之一。叹了几口气之后，又说到虽然哼哼还没能去掉，但自己觉得身体却比以前好了，这也总算是个好现象，自己还希望能壮壮实实地再活几年，说完了，又拖着自己孤伶的背影蹒跚地走回去。

第二天的下午，我走去看他，走近圩子墙的时候，已经没了住的人家，只有一座座纵横排列着的坟，寻了半天，好歹在一个土崖下面寻到一个洞，给一扇秫秸编成的门挡住口，我轻轻地曳开门，扑鼻的一阵烟熏的带土味的气息，老人正在用干草就地铺成的床上躺着。见了我，似乎有点显得仓皇，要站起来，但我止住了他。我们就谈起话来。我从门缝里看到一片大大小小的坟顶。四周仿佛凝定了似的沉寂，我不由地幻想起来，在死寂的中夜里，当鬼火闪烁着蓝光的时候，这样一个垂死的老人，在这样一个地方，想到过去，看到现在，会有什么样的感想呢？这样一个土洞不正同坟墓一样吗？眼前闪动着种种的幻象，我的心里一闪，我立刻觉得自己现在就是在坟墓里，面前坐着的有蝙蝠形的脸和白须的老人就是一具僵尸，冷栗通过了我的全身。但我抬头看老人，他仍然同平常一样地镇定，而且在镇定中还加入了点悠然的意味。神秘地充满了生之力的光不时从眼里射出来。我的心乱了；我仿佛有什么东西急于了解而终于不了解似的，心里充满了疑惑；但又想不出究竟是什么。我不愿意再停留在这里，我顺着圩子墙颓然走回家里，在暗淡的灯光下，水仙花的芬芳的香气中，陷入了长长的不可捉摸的沉思。

不久，我又回到故都去。从这以后，第一次回家是在夏天，我以为老人早已死掉了；但却看到他眼里闪熠着的充满了生之力的神秘的光。第二次回家是在另一个夏天，我又以为老人早已死掉了；但他又出现了，而且哼哼也更剧烈了；然而我又看到他眼里闪熠着充满了生之力的神秘的光。每次都给我一个极大的惊奇，但过后也就消逝了。就这样，一直到去年秋天，我在故都的生活告了一个结束，又回到这个城市里来。老人早已躲出我记忆之外，因为我直觉地确定地相信，他再也不会活在人间了。我不但不向家里人问到他，连以前有的淡淡的悲哀也不浮在我的心里来。然而在一个秋末的黄昏里，又听到他的低咽而幽抑的哼哼声从窗外飘进来；在带点悲凉凄清的晚秋的沉寂里，哼哼声更显得阴郁，仿佛想把过去生命里的一切哀苦全从这哼声里喷泻出来。我的心颤栗起来。我真想不到在过去遇到的许多奇迹之外，还有今天这样一个奇迹。我有点怕见他，但他终于走进来。衣服上满是土，头发凌乱得像秋草。态度仍然很镇定。脸色却更显得苍老，黧黑；腰也更显得佝偻。见了我，勉强做出一个笑容，接着就是一阵咳嗽；咳嗽间断的时候，就用哼哼来把空缝补上；同时嘴里还努力说着话，也已是些呓语似的声音。他告诉我，他来的时候走几步就得坐下休息一会，走了有一点钟才走到这里，当我问到他的身体的时候，他叹了口气，说，身体已经是不行了；昨天到庙里求了一个签，说他还能活几年，这使他非常高兴，他仍然希望能壮壮实实地再活几年，他不想死。我又看到有神秘地充满了生之力的光从他的昏暗的眼里射出来，他仿佛又在前途看到希望，看到花。我迷惑了，惘然地看着他拖着自己孤伶的背影走去。

从去年秋天到现在，在我的生命中是一个大的转变。我过的是同以前迥乎不同的生活。在学校里过了六天以后，照例要回到我不高兴回去的家里看看，因而也就常逢到老人。每见一次面，我总觉得老人的精神和身体都比上一次要坏些，哼哼也剧烈些。但我仍然一直见面见到现在，每次都看到他从眼里射出的神秘的光，这光，在我心里，连续地打着烙印。我并不愿意老人死，甚至连想到也会使我难过。但我却固执地觉得生命对他已经没了意义。从人生的路上跋涉着走到现在，过去是辛酸的，回望只见到灰白的一线微痕；现在又处在这样一个环境里；将来呢？只要一看到自己拖了孤伶的背影蹒跚地向前走着的时候，走向将来，不正是这样一个情景吗？在将来能有什么呢？没有希望，没有花。但我抬头又看到我面前这位蝙蝠脸的老人，看到他低垂着注视着地面的眼光，充满了神秘的生命力，这眼光告诉我们，他永远不回头看，他只向前看，而且在前面他真的又看到闪烁的希望，灿烂的花。我迷惑了。对我，这蝙蝠脸是个谜，这从昏暗的眼里射出的神秘的光更是个谜。就在这两重谜里，这老人活在我的眼前，活在我的心里。谁知道这神秘的光会把他带到什么地方呢？

1935年5月2日

三个小女孩

我生平有一桩往事：一些孩子无缘无故地喜欢我、爱我；我也无缘无故地喜欢这些孩子，爱这些孩子。如果我以糖果饼饵相诱，引得小孩子喜欢我，那是司空见惯，平平常常，根本算不上什么“怪事”。但是，对我来说，情况却绝对不是这样。我同这些孩子都是偶然相遇，都是第一次见面，我语不惊人，貌不压众，不过是普普通通，不修边幅，常常被人误认为是学校的老工人。这样一个人而能引起天真无邪、毫无功利目的、二三岁以至十一二岁的孩子的欢心，其中道理，我解释不通，我相信，也没有别人能解释通，包括赞天地之化育的哲学家们在内。

我说：这是一桩“怪事”，不是恰如其分吗？不说它是“怪事”，又能说它是什么呢？

大约在 20 世纪 50 年代，当时老祖和德华还没有搬到北京来。我暑假回济南探亲。我的家在南关佛山街。我们家住西屋和北屋，南屋住的是一家姓田的木匠。他有一儿二女，小女儿名叫华子，我们把这个小名又进一步变为爱称：“华华儿”。她大概只有两岁，路走不稳，走起来晃晃荡荡，两条小腿十分吃力，话也说不全。按辈分，她应该叫我“大爷”，但是华华还发不出两个字的音，她把“大爷”简化为“爷”。一见了我，就摇摇晃晃，跑了过来，满嘴“爷”“爷”不停地喊着。走到我跟前，一下子抱住了我的腿，仿佛有无限的乐趣。她妈喊她，她置之不理，勉强抱走，她就哭着奋力挣脱。有时候，我在北屋睡午觉，只觉得周围鸦雀无声，阒静幽雅。“北堂夏睡足”，一枕黄粱，猛一睁眼：一个小东西站在我的身旁，大气不出。一见我醒来，立即“爷”“爷”，叫个不停。不知道她已经等了多久了。我此时真是万感集心，连忙抱起小东西，连声叫着“华华儿”。有一次我出门办事，回来走到大门口，华华妈正把她抱在怀里，她说，她想试一试华华，看她怎么办。然而奇迹出现了：华华一看到我，立即用惊人的力量，从妈妈怀里挣脱出来，举起小手，要我抱她。她妈妈说，她早就想到有这种可能，但却没有想到华华挣脱的力量竟是这样惊人地大。大家都大笑不止，然而我却在笑中想流眼泪。有一年，老祖和德华来京小住，后来听同院的人说，在上着锁的西屋门前，天天有两个小动物在那里蹲守：一个是一只猫，一个是已经长到三四岁的华华。“遥怜小儿女，未解忆长安。”华华大概还不知道什么北京，不知道什么别离。天天去蹲守，她那天真稚嫩的心灵里，不知是什么滋味，望眼欲穿而不见伊人。她的失望，她的寂寞，大概她自己也说不出，只能意会而不能言传了。

上面是华华的故事，下面再讲吴双的故事。

20 世纪 80 年代的某一年，我应邀赴上海外国语大学去访问。我的学生吴永年教授十分热情地招待我。学校领导陪我参观，永年带了他的妻子和女儿吴双来见我。吴双有六七岁光景，是一个秀美、文静、活泼、伶俐的小女孩。我们是第一次见面，最初她还有点腼腆，叫了一声“爷爷”以后，低下头，不敢看我。但是，我们在校园中走了没有多久，她悄悄地走过来，挽住我的右臂，扶我走路，一直偎依在我的身旁，她爸爸、妈妈都有点吃惊，有点不理解。我当然更是吃惊，更是不理解。一直等到我们参观完了图书馆和许多大楼，吴双总是寸步不离地挽住我的右臂，一直到我们不得不离开学校，不得不同吴双和她爸爸、妈妈分手为止，吴双眼睛中流露出依恋又颇有一点凄凉的眼神。从此，我们就结成了相差六七十岁的忘年交。她用幼稚但却认真秀美的小字写信给我。我给永年写信，也总忘不了吴双。我始终不知道，我有什么地方值得这样一个聪明可爱的小女孩眷恋？

上面是吴双的故事，现在轮到未未了。未未是一个十二岁的小女孩，姓贾，爸爸是延边大学出版社的社长，学国文出身，刚强、正直、干练，是一个决不会阿谀奉承的硬汉子。母亲王文宏，延边大学中文系副教授，性格与丈夫迥乎不同，多愁、善感、温柔、淳朴、感情充沛，用我的话来说，就是：感情超过了需要。她不相信天底下还有坏人，她是个才女，写诗、写小说，在延边地区颇有点名气，研究的专行是美学、文艺理论与禅学，是一个极有前途的女青年学者。十年前，我在北大通过刘烜教授的介绍，认识了她。去年秋季她又以访问学者的名义重返北大，算是投到了我的门下。一年以来，学习十分勤奋。我对美学和禅学，虽然也看过一些书，并且有些想法和看法，写成了文章，但实际上是“野狐谈禅”，成不了正道的。蒙她不弃，从我受学，使得我经常觳觫不安，如芒刺在背。也许我那一些内行人决不会说的石破天惊的奇谈怪论，对她有了点用处？连这一点我也是没有自信的。

由于她母亲在北大学习，未未曾于寒假时来北大一次，她父亲也陪来了。第一次见面，我发现未未同别的年龄差不多的女孩不一样。面貌秀美，逗人喜爱，但却有点苍白。个子不矮，但却有点弱不禁风。不大说话，说话也是慢声细语。文宏说她是娇生惯养惯了，有点自我撒娇。但我看不像。总之，第一次见面，这个东北长白山下来的小女孩，对我成了个谜。我约了几位朋友，请她全家吃饭。吃饭的时候，她依然是少言寡语。但是，等到出门步行回北大的时候，却出现了出我意料的事情。我身居师座，兼又老迈，文宏便从左边扶住我的左臂搀扶着我。说老实话，我虽老态龙钟，但却还不到非让人搀扶不行的地步。文宏这一番心意我却不能拒绝，索性倚老卖老，任她搀扶，倘若再递给我一个龙头拐杖，那就很有点旧戏台上佘太君或者国画大师齐白石的派头了。然而，正当我在心中暗暗觉得好笑的时候，未未却一步抢上前来，抓住了我的右臂来搀扶住我，并且示意她母亲放松抓我左臂的手，仿佛搀扶我是她的专利，不许别人插手。她这一举动，我确实没有想到。然而，事情既然发生——由它去吧！

过了不久，未未就回到了延吉。适逢今年是我八十五岁生日，文宏在北大虽已结业，却专门留下来为我祝寿。她把丈夫和女儿都请到北京来，同一些在我身边工作了多年的朋友，为我设寿宴。最后一天，出于玉洁的建议，我们一起共有十六人之多，来到了圆明园。圆明园我早就熟悉，六七十年前，当我还在清华大学读书的时候，晚饭后，常常同几个同学步行到圆明园来散步。此时圆明园已破落不堪，满园野草丛生，狐鼠出没，“西风残照，清家废宫”，我指的是西洋楼遗址。当年何等辉煌，而今只剩下几个汉白玉雕成的古希腊式的宫门，也都已残缺不全。“牧童打碎了龙碑帽”，虽然不见得真有牧童，然而情景之凄凉、寂寞，恐怕与当年的明故宫也差不多了。我们当时还都很年轻，不大容易发思古之幽情，不过爱其地方幽静，来散散步而已。

新中国成立后，北大移来燕园，我住的楼房，仅与圆明园有一条马路之隔。登上楼旁小山，遥望圆明园之一角绿树蓊郁，时涉遐想。今天竟然身临其境，早已面目全非，让我连连吃惊，仿佛美国作家 Washington Irving 笔下的 Rip Van Winkle，“山中方七日，世上几千年”，等他回到家乡的时候，连自己的曾孙都成了老爷爷，没有人认识他了。现在我已不认识圆明园了，圆明园当然也不会认识我。园内游人摩肩接踵，多如过江之鲫。而商人们又竞奇斗妍，各出奇招，想出了种种的门道，使得游人如痴如醉。我们当然也不会例外，痛痛快快地畅游了半天，福海泛舟，饭店盛宴。我的“西洋楼”却如蓬莱三山，不知隐藏在何方了？

第二天是文宏全家回延吉的日子。一大早，文宏就带了未未来向我辞行。我上面已经说到，文宏是感情极为充沛的人，虽是暂时别离，她恐怕也会受不了。小萧为此曾在事前建议过：临别时，谁也不许流眼泪。在许多人心目中，我是一个怪人，对人呆板冷漠，但是，真正了解我的人却给我送了一个绰号“铁皮暖瓶”，外面冰冷而内心极热。我自己觉得，这个比喻道出了一部分真理，但是，我现在已届望九之年，我走过阳关大道，也走过独木小桥，天使和撒旦都对我垂青过。一生磨炼，已把我磨成了一个“世故老人”，于必要时，我能够运用一个世故老人的禅定之力，把自己的感情控制住。年轻人，道行不高的人，恐怕难以做到这一点的。

现在，未未和她妈妈就坐在我的眼前。我口中念念有词，调动我的定力来拴住自己的感情，满面含笑，大讲苏东坡的词：“人有悲欢离合，月有阴晴圆缺，此事古难全。”又引用俗语：“千里搭凉棚，没有不散的筵席。”自谓“口若悬河泻水，滔滔不绝”。然而，言者谆谆，而听者藐藐。文宏大概为了遵守对小萧的诺言，泪珠只停留在眼眶中，间或也滴下两滴。而未未却不懂什么诺言，不会有什么定力，坐在床边上，一语不发，泪珠仿佛断了线似的流个不停。我那八十多年的定力有点动摇了，我心里有点发慌。连忙强打精神，含泪微笑，送她母女出门。一走上门前的路，未未好像再也忍不住了，一把抓住了我的胳臂，伏在我怀里，哭了起来。热泪透过了我的衬衣，透过了我的皮肤，热意一直滴到我的心头。我忍住眼泪，捧起未未的脸，说：“好孩子！不要难过！我们还会见面的！”未未说：“爷爷！我会给你写信的！”我此时的心情，连才尚未尽的江郎也是写不出来的，他那名垂千古的《别赋》中，就找不到对类似我现在的心情的描绘，何况我这样本来无才可尽的俗人呢？我挽着未未的胳臂，送她们母女过了楼西曲径通幽的小桥。又忽然临时顿悟：唐朝人送别有灞桥折柳的故事。我连忙走到湖边，从一棵垂柳上折下了一条柳枝，递到文宏手中。我一直看她母女俩折过小山，向我招手，直等到连消逝的背影也看不到的时候，才慢慢地走回家来。此时，我再不需要我那劳什子定力，索性让眼泪流个痛快。

三个女孩的故事就讲完了。

还不到两岁的华华为什么对我有这样深的感情，我百思不得其解。

五六岁第一次见面的吴双，为什么对我有这样深的感情，我千思不得其解。

十二岁下学期才上初中的未未，为什么对我有这样深的感情，我万思不得其解。

然而这都是事实，我没有半个字的虚构。我一生能遇到这样三个小女孩，就算是不虚此生了。

到今天，华华已经超过四十岁。按正常的生活秩序，她早应该“绿叶成荫”了，不知道她是否还记得我这“爷”？

吴双恐大学已经毕业了，因为我同她父亲始终有联系，她一定还会记得我这样一位“北京爷爷”的。

至于未未，我们离别才几天。我相信，她会遵守自己的诺言给我写信的。而且她父亲常来北京，她母亲也有可能再到北京学习、进修。我们这一次分别，不过是为下一次会面创造条件而已。

像奇迹一般，在八十多年内，我遇到了这样三个小女孩，是我平生一大乐事，一桩怪事，但是人们常说，普天之下，没有无缘无故的爱。可是我这“缘”何在？我这“故”又何在呢？佛家讲因缘，我们老百姓讲“缘分”。虽然我不信佛，从来也不迷信，但是我却只能相信“缘分”了。在我走到那个长满了野百合花的地方之前，这三个同我有着说不出是怎样来的缘分的小姑娘，将永远留在我的记忆中，保留一点甜美，保留一点幸福，给我孤寂的晚年涂上点有活力的色彩。

1996年8月

我的第一位老师

他实际上不是我的第一位老师。在他之前，我已经有几位老师了。不过都已面影迷离，回忆渺茫，环境模糊，姓名遗忘。只有他我还记得最清楚，因而就成了第一了。

我这第一位老师，姓李，名字不知道。这并非由于忘记，而是当时就不注意。一个九岁的孩子，一般只去记老师的姓，名字则不管。倘若老师有“绰号”——老师几乎都有的——，则只记绰号，连姓也不管了。我们小学就有“shao qianr（即知了、蝉。济南这样叫，不知道怎样写）”“卖草纸的”等等老师。李老师大概为人和善，受到小孩子的尊敬，又没有什么特点，因此逃掉起“绰号”这一有时颇使老师尴尬的关。

我原在济南一师附小上学，校长是新派人物，在山东首先响应五四运动，课本改为白话。其中有一篇《阿拉伯的骆驼》，是一个众所周知的寓言故事。我叔父忽然有一天翻看语文课本，看到这一篇，勃然大怒，高声说：“骆驼怎么能会说话！荒唐之至！快转学！”

于是我就转了学，转的是新育小学。因为侥幸认识了一个“骡”字，震动了老师，让我从高小开始，三年初小，统统赦免。一个字竟能为我这一生学习和工作提前了一两年，不称之为运气好又称之为什么呢？

新育校园极大，从格局上来看，旧时好像是什么大官的花园。门东向，进门左拐，有一排平房。沿南墙也有一排平房，似为当年仆人的住处。平房前面有一片空地，偏西有修砌完好的一大圆池塘，我可从来没见过里面有水，只是杂草丛生而已。池畔隙地也长满了杂草，春夏秋三季，开满了杂花，引得蜂蝶纷至，野味十足，与大自然浑然一体。倘若印度大诗人泰戈尔来到这里，必然认为是办学的最好的地方。

进校右拐，是一条石径，进口处木门上有一匾，上书“循规蹈矩”。我对这四个字感到极大的兴趣，因为它们难写，更难懂。我每天看到它，但是一直到毕业，我也不知道是什么意思。

石径右侧是一座颇大的假山，石头堆成，山半有亭。本来应该是栽花的空地上，现在却没有任何花，仍然只是杂草丛生而已。遥想当年鼎盛时，园主人大官正在辉煌夺目之时，山半的亭子必然彩绘一新，耸然巍然。山旁的隙地上也必然是栽满了姚黄魏紫，国色天香。纳兰性德的词“晚来风动护花铃，人在半山亭”所流露出来的高贵气象，必然会在这里出现。然而如今却是山亭颓败，无花无铃，唯有夕阳残照乱石林立而已。

可是，我却忘记不了这一座假山，不是由于它景色迷人，而是由于它脚下那几棵又高又粗的大树。此树我至今也不知道叫什么名字。它春天开黄色碎花，引得成群的蜜蜂，绕花嗡嗡，绿叶与高干并配，花香与蜂鸣齐飞，此印象至今未泯。我之所以怀念它还有另外一个原因，当年连小学生也是并不那么“循规蹈矩”的——那四个字同今天的一些口号一样，对我们丝毫也不起作用。如果我们觉得哪个老师不行，我们往往会“架”（赶走也）他。“架”的方式不同，不要小看小学生，我们的创造力是极为丰富多彩的。有一个教师就被我们“架”走了。采用的方式是每个同学口袋里装满那几棵大树上结的黄色的小果子，这果子味涩苦，不能吃，我们是拿来作武器的。预备被“架”的老师一走进课堂，每人就从口袋里掏出那种黄色的小果子，投向老师。宛如旧时代两军对阵时万箭齐发一般，是十分有威力的。老师知趣，中了几弹之后，连忙退出教室，卷起铺盖回家。

假山对面，石径左侧，有一个单独的大院子，中建大厅，既高且大，雄伟庄严，是校长办公的地方。当年恐怕是大官的客厅，布置得一定非常富丽堂皇。然而，时过境迁，而今却是空荡荡的，除了墙上挂的一个学生为校长画的炭画像以外，只有几张破桌子，几把破椅子，一副寒酸相。一个小学校长会有多少钱来摆谱呢？

可是，这一间破落的大厅却给我留下了难以磨灭的印象，至今历历如在眼前。我曾在这里因为淘气被校长用竹板打过手心，打得相当厉害，一直肿了几天，胖胖的，刺心地痛。此外，厅前有两个极大的用土堆成用砖砌好的花坛，春天栽满了牡丹和芍药。有一年，我在学校里上英文补习夜班，下课后，在黑暗中，我曾偷着折过一朵芍药。这并不光彩的事，也使我忆念难忘，直至今天耄耋之年，仍然恍如昨日。

大厅院外，石径尽头，有一个小门，进去是一个大院子，整整齐齐，由东到西，盖了两排教室，是平房，房间颇多，可以供全校十几个班的学生上课。教室后面，是大操场，操场西面，靠墙还有几间房子，老师有的住在那里。门前两棵两人合抱的大榆树，叶子长满时，浓荫覆盖一大片地。树上常有成群的野鸟住宿。早晨和黄昏，噪声闹嚷嚷的，有似一个嘈杂无序的未来派的音乐会。

现在该说到我们的李老师了。他上课的地方就在靠操场的那一排平房的东头的一间教室里。他是我们的班主任，教数学、地理、历史什么的。他教书没有什么特点，因此，我回忆不出什么细节。我们当时还没有英文课，学英文有夜班，好像是要另出钱的，不是正课。可不知为什么我却清清楚楚地回忆起一个细节来：李老师在我们自习班上教我们英文字母，说f这个字母就像是一只大蜂子，腰细两头尖。这个比喻，形象生动，所以一生不忘。他为什么讲到英文字母，其他字母用什么来比喻，我都记不清了。

还有一件事情让我至今难以忘怀。有一年春天，大概是在清明前后，李老师领我们这一班学生，在我上面讲到的圆水池边上，挖地除草，开辟出一块菜地来，种上了一些瓜果蔬菜一类的东西。我们这一群孩子，平均十一二岁的年龄，差不多都是首次种菜，眼看着乱草地变成了整整齐齐、成垅成畦的菜地，春雨沾衣欲湿，杏花在雨中怒放。古人说：杏花春雨江南。我们现在是杏花春雨北国。地方虽异，其情趣则一也。春草嫩绿，垂柳鹅黄，真觉得飘飘欲仙。那时候我还不会“为觅新词强说愁”，实际上也根本无愁可说，浑身舒服，意兴盎然。我现在已经经过了八十多个春天，像那样的一个春天，我还没有过过，今后大概也不会再有了。

所有这一切，都是同李老师紧密联系在一起的。因此，众多的小学老师，我只记住了李老师一个人，也可以说是事出有因了吧。李老师总是和颜悦色，从不疾言厉色。他从来没有用戒尺打过任何学生，在当时体罚成风、体罚有理的风气下，这是十分难得的。他住的平房十分简陋，生活十分清苦。但从以上说的情况来看，他真能安贫乐道，不改其乐。

我十三岁离开新育小学，以后再没有回去过。我不知道，李老师后来怎样了，心里十分悔恨。倘若有人再让我写一篇《赋得永久的悔》，我一定会写这一件事。差幸我大学毕业以后，国内国外，都步李老师后尘，当一名教师，至今已有六十多年了，我当一辈子教员已经是注定了的。只有这一点可以告慰李老师在天之灵。

李老师永远活在我的心中。

1996年7月

医学士

南门外木桥旁的小屋，从前本是个茶馆，已经开市三年，墙、门、窗一切都给烟熏黑了。现在不知为何忽然整顿起来：原有的黑墙都加了一层白纸；破旧的窗户都刷了绿油、白油；黑破的土灶已经不见，一个白而大的架子顶了空……总之，一切都改变了。尤其使人感着异样的，就是从前水的沸声，风箱的击声，火的呼呼声，现在都不能再听见。我每逢走过那里，总是感觉着不自然，感觉着沉寂，便不由得向屋里看，久之，也就完了。

过了几天，白而大的架子上，渐渐充满了各样颜色的瓶子，瓶上贴着拉丁文的药名。又添了个柜台，门栏上也悬了一个匾：统是白的。不久，又有一方白纸糊的木牌出现于门外壁上：

“医学士章贝起”。

过了几个月，也没有什么变动。

有一次是个夏日的早晨。太阳虽然升得很低。它的光线已经由房屋排列较稀的地方漏进来，“医学士”的白木板已经全浸没在阳光里。晨风吹来，气候似乎比夜来凉爽些；但是昨夜的沉闷，仍然保持着一部分。天空里一望碧蓝，连纤微的云片也没有。人们都想趁着晨间不甚热的时候，完成了应当做的工作，所以行路的特别多，都急促促地，喘吁吁地，向前进行；并且心内都在忧惧，忧惧预测中的正午的热。

一直到现在我对于医学士的认识仍是模模糊糊。不过我常看见一个少年坐在柜台内。尤其是他那整齐光滑的美国式的分头，在我脑筋里留下了不灭的印象。大概这就是所谓医学士吧！

这时医学士已经起来了。赤着胸臂，坐在柜台内看书，——看的什么书，也不能确切知道。由书面上看来，大概也不外性史一类。视线完全固定在所看的一页上，眼球一上一下地瞟着。已经将柜台，药瓶，大架，世界上一切一切，甚至于自我，都摒出于思想之外：只有所看着的书占据了他的全意识。有时因为看得累了，抬起脖子来，舒舒筋。两眼注视架上的一个小瓶，在沉思，在梦想。不久，仍低下头……

忽然有一个五十岁以上的老人，出现在柜台外面。由他简朴的装束，满背的灰土，可以断定他是一个劳动者。他脸上满布了深而曲的皱纹，隐隐露出惊慌失措的神气。眼白上覆遍了红线似的络网——更足以表示出他过去生活的艰苦。右手里拿着一张纸条，颤巍巍地把手放在柜台上，眼看着医学士。

“先生，先生，有这样药吗？”他开始问。

医学士正看得出神，他这沉浊的声浪并没产生什么效果，只不过这久寂的室中有些微的回声而已。然而，这不过一刹那间，过了，仍然寂静如常。医学士仍然在那里仰头，微笑，在沉思，在梦想。

“先生！”老人放大了声。

“什么？”医学士听见了。

“有这样药吗？先生……”

医学士接过纸条来，看了看，说了声“有”就回转身去，在架上取下了一个红色小瓶，倾出一堆白色粉末，纸包了，递给老人，老人便从破毡帽里取出一张钞票，给医学士，找了零去了。

这件工作不到十分钟就完毕了，其间所有拿、倾、包、找零等动作，虽然很快，并不会受神经的支配；不过如机械似的一种习惯动作而已，脑筋里只渺渺茫茫地似乎有点印象，也似乎没有，不但他的注意点没有集中在这件动作上；即便他的视线也似离似即地射向放在桌上的书页上——不到必要时，绝不离去。老人刚才跨出了铺门，他便一屁股坐在原坐的椅上，伸手摸过看的那册书来，眼睛一上一下地看下去。

仍有沉思，梦想，微笑……

这时太阳光已经由白木板上下来，渐渐地溜到屋里，直射他手中拿着的书，但是，时光是永不停步的旅客：停了一会，左手拿着的那边，便慢慢地有了阴影，渐至于扩大——扩大——不久书面已经全没在阴影里。若在每日，已经到了吃早饭的时候；然而今天却不然，医学士只是看，看，看。

时光流水似的过去，已经来到正午，太阳光挟着无上的炎威，直晒到街上，因为行人少的缘故，陡然寂静起来，这时，忽有一种急遽的声音传到医学士耳里，接着又似乎有两个人影出现在他面前，抬头一看，果然不差——一个仆人似的中年男人，扶着一个十七八岁的少年站在他面前。

“先生！这是我们的少爷，”中年男人指着说，“我跟着他出来买东西，不知为什么忽然晕在地上，这刚才起来，请先生看看。”

“……”

“早晨起来一点病也没有。”中年男人补充说。“不要紧，”医学士说着站起来，摸过桌上放着的听病管走上前来给少年听病，头不住地乱点，表示已知病源的样子。嘴里还吐噜着：“这是瘟疫，不要紧，只吃点药就行……”

按着手续听完了，又从架上取下一瓶药水，颜色红红的，叫少年立刻就吃，少年接过来吃了，坐在凳子上休息着，两眼视线集中在架上的小药瓶，由一个移向另一个，一一都看了一遍，再看别的，医学士又向中年人说：“药资先不用拿，晚上你再来我这里一次！若你少爷好了，才收钱哩！”说着露出有把握的样子。

停了一会，他俩去了。

一天看看要过去了，太阳渐渐向西方落下，天空里一片灰色，只有西方的天边上，还有几线落日的余晖，由云缝里射出，医学士点了灯，坐下看书，正沉醉在甜蜜的幻想里，忽然有一种微飔般的思想之流，如电力似的，掠过他的脑海，不由地把书放下，两眼惊恐地向前直视着："今天早晨，我仿佛记得那个老人要的是和，我怎么错给了他砒呢！给错药怎么办？"同时就发生了这种思想。

"管他去哩！事已至此，夫复何言？找了来再说。"他颇转念，也终安然。

一方面正在自慰着，一方面用手开抽屉，想看看老人递给的那张票子，不料刚拿到手里"这不是关了门的票子吗"！医学士不由喊出来，自悔了半天，惘然而已。

正在自悔着，忽然给一种急促的声浪打断了。"这还了得吗？……打官司……"接着就有个中年男人跨进来，满脸是汗，喘吁吁地，他一看，正是同他少爷看病的那个男人，"我们少爷已经死了……"一路嚷进来：

"怎么的？"

"我们少爷已经死了，这都是你这好先生治的！"

说着就上来抓医学士，医学士一看不妙，连忙用椅子阻止住那人的进路，那人也用手来抓椅子，两人相持了半天，椅子受不了他俩的力；忽然起了分析作用，医学士手里两只木腿，那人手里两条木棒，那人就借了他手里的木棒来打医学士，医学士早已越过柜台爬出来，那人也跟出来，这时，街上的人渐渐聚满了，来参观这次徒手战争，有几个好事的就争着问事的始末。

"今天早晨，"那人开始说："我跟我们少爷上街，他大概受了点热。来叫这位医学士看，不料刚吃了他的药，不到晚上，我们少爷就死了，非打官司不行，这还了得……"

说着又扑医学士，经众人阻挡住，又说了些"人死不能复活徒争无益”一类的话，来劝解那人，那人碍着众人的面子，气火也就渐渐消了，后来医学士又暗暗托人说和，许那人几元银，叫他回家销差，那人绝不通过，说一会他家老爷就来，这桩祸事他担不起，结果，医学士多出几元钱，众人多说了几句话，那人允了，这场风波算才完结。

此后不久，这件事便传布了全城。

几个月又过去了。

现在已经将近冬天，我好久没有经过医学士的门口。有一次我同我的朋友亚生君沿着南门外的城根，慢行着闲话，这个地方本是乞丐荟萃之所——映入眼帘的都是些破屋草舍，闯入嗅官的都是些不可说出的奇异刺脑的臭味，因为这个地方阳光尚且充足，所以我俩走得特别慢。

忽然从一个尤其低而破的屋里，走出一个少年，脸上的黑泥有两钱厚，右手里携着他所有的家产——两个茶碗，一个布包，里面穿着一件满补丁的灰棉袍，外面又罩上一片麻包，尤其使人注意的就是他仍然是美国式分头，却不很光滑整齐了，慢慢由屋中踱出。我看了看他，也没怎么注意。

已经走过了一段，忽然我脑海里如电光似的一掠，我不禁喊出来：

“这不是医学士吗？”

1929年4月5日

Wala

总有一个女孩子的面影飘动在我的眼前：淡红的双腮，圆圆的大眼睛。这面影对我这样熟悉，却又这样生疏。每次当它浮起来的时候，我一点也不去理会，它只是这么摇摇曳曳地在我眼前浮动一会，蓦地又暗淡下去，终于消逝到不知什么地方去了。我的记忆也自然会随了这消逝去的影子追上去，一直追到六年前的波兰车上。

也是同现在一样的夏末秋初的天气，我在赤都游了一整天以后，脑海里装满了红红绿绿的花坛的影像，走上波德通车。我们七个中国同学占据了一个车厢，谈笑得颇为热闹。大概快到华沙了吧，车里渐渐暗了下来，这时忽然走进一个年轻的女孩子来。我只觉得有一个秀挺的身影在我眼前一闪，还没等我细看的时候，她已经坐在我的对面。我的地理知识本来不高明。在国内的时候，对波兰我就不大清楚，对波兰的女孩子更模糊成一团。后来读到一位先生游波兰描写波兰女孩子的诗，当时的印象似乎很深，但不久就渐渐淡了下来，终于连一点痕迹都没有了。然而现在自己竟到了波兰，而且对面就坐了一个美丽的波兰女孩子：淡红的双腮，圆圆的大眼睛。

倘若在国内的话，七个男人同一个孤身的女孩子坐在一起，我们即使再道学，恐怕也会说一两句带着暗示的话，让女孩子红上一阵脸，我们好来欣赏娇羞含怒然而却又带笑的态度。然而现在却轮到我们红脸了。女孩子坦然地坐在那里，脸上挂着一丝微笑，把我们七个异邦的青年男子轮流看了一遍，似乎想要说话的样子。但我们都仿佛变成在老师跟前背不出书来的小学生，低了头，没有一个人敢说些什么。终于还是女孩子先开了口。她大概知道我们不能说波兰话，只用德文问我们会说哪一国的话。我们七个中有一半没学过德文。我自己虽然学过，但也只是书本子里的东西。现在既然有人问到了，也只好勉强回答说自己会说德文。谈话也就开始了，而且还是愈来愈热闹。我们真觉得语言的功用有时候并不怎样大，静默或其他别的动作还能表达更多更复杂更深刻的思想。当时我们当然不能长篇大论地叙述什么，有的时候竟连意思都表达不出来，这时我们便相对一笑，在这一笑里，我们似乎互相了解了更多更深的东西。刚才她走进来的时候，先很小心地把一个坐垫放在座位上，然后坐下去。经过了也不知道多少时候，我蓦地发现这坐垫已经移到一位中国同学的身子下面去，然而他们两个人都没注意到，当时热闹的情形也可以想见了。

在满洲里的时候，我们曾经买了几瓶啤酒似的东西。一路上，每到一个大车站，我们就下去用铁壶提开水来喝，这几瓶东西却始终珍惜着没有打开。现在却仿佛蓦地有一个默契流过我们每个人的心中，一位同学匆匆忙忙地找出来了一瓶打开，没有问别人，其余的人也都兴高采烈地帮忙找杯子，没有一个人有半点反对的意思。不用说，我们第一杯是捧给这位美丽的女孩子的。她用手接了，先不喝，问我这是什么。我本来不很知道这究竟是什么，反正不过是酒一类的东西，而且我脑子里关于这方面的德文字也就只有一个酒字，就顺口回答说："是酒。"她于是喝了一口，立刻抬起眼含着笑仿佛谴责似的问着我说："你说是酒？"这双眼睛这样大，这样亮，又这样圆，再加上玫瑰花似的微笑，这一切深深地压住了我的心，我本来没有意思辩解，现在更没话可说，其实也不能说什么话了。她没有再说什么，拿出她自己带来的饼干分给我们吃。我们又吃又喝，忘记了现在是在火车上，是在异域；忘记了我们是初相识的异国的青年男女；根本忘记了我们自己，忘记了一切。她皮包里带着许多相片，她一张一张地拿给我们看。我们也把我们身边带的书籍画片，甚至连我们的毕业证书都找出来给她看。小小的车厢里充满了融融的欣悦。一位同学忽然问她叫什么名字，她立刻毫不忸怩地把自己的名字写在我们的簿子上：Wala，一个多么美妙令人一听就神往的名字！

大概将近半夜了吧，我走到另外一个车厢里想去找一个地方睡一会。终于在一个角落里找到一个位子。对面坐了一位大鼻子的中年人。才一出国，看到满车外国人，已经有点觉得生疏；再看了他这大鼻子，仿佛自己已经走进了一个童话的国土里来，有说不出的感觉。这大鼻子仿佛有魔力，把我的眼睛吸住，我非看不行。我敢发誓，我一生还没有看到这样大的鼻子。他耳朵上又罩上了无线电收音机，衬上这生在脸正中的一块大肉，这一切合起来凑成一幅奇异的图案画，看了我再也忍不住笑起来。但他偏又高兴同我说话，说着破碎的英语，一手指着自己的头，一手指着远处坐着的 Wala，头摇了两摇，奇异的图案画上浮起一丝鄙夷微笑。我抬起头来看了看 Wala，才发现她头上戴了一顶红红绿绿的小帽子。刚才我竟没有注意到，我的全部精神都让她的淡红的双腮同圆圆的大眼睛吸住了。现在忽然发现她头上的小帽子，只觉得更增加了她的妩媚。一直到现在我还不明白，这位中年人为何讨厌这一顶同她的秀美的面孔相得益彰的小帽子。

我现在已经忆不起来，我们是怎样分的手。大概是我们，至少是我，坐着蒙眬地睡了会，其间 Wala 就下了车。我当时醒了后确曾觉得非常值得惋惜，我们竟连一声再会都没能说，这美丽的女孩子就像神龙似的去了。我仿佛看了一个夏夜的流星。但后来自己到了德国，蓦地投到一个新的环境里去，整天让工作压得不能喘一口气。以前在国内的时候，无论是做学生，是教书，尽有余裕的时间让自己的幻想出去飞一飞，上至青天，下至黄泉，到种种奇幻的世界里去翱翔，想到许多荒唐的事情，摹绘给自己种种金色的幻影，然后再回到这个世界里来。现在每天对着自己的全是死板板的现实，自己再没有余裕把幻想放出去，Wala 的影子似乎已经从我的记忆里消逝了去，我再也想不到她了。这样就过去了六个年头。

前两天，一个细雨萧索的初秋的晚上，一位中国同学到我家里来闲谈。谈到附近一个菜园子里新近来了一个波兰女孩子在工作。这女孩子很年轻，长得又非常美丽，父母都很有钱。在波兰刚中学毕业，正要准备进大学的时候，德国军队冲进波兰。在听过几天飞机大炮以后，于是就来了大恐怖，到处是残暴与血光。在风声鹤唳的情况里过了一年，正在庆幸着自己还能活下去的时候，又被希特勒手下的穿黑衣服的两足走兽强迫装进一辆火车里运到德国来，终于被派到哥廷根来，在这个菜园子里做下女。她天天做着牛马的工作，受着牛马的待遇，一生还没有做过这样的苦工。出门的时候，衣襟上还要挂上一个绣着 P 字的黄布，表示她是波兰人，让德国人随时都能注意她的行动；而且也只能白天出门，晚上出去捉起来立刻入监狱。电影院戏院一类娱乐的地方是不许她去的。衣服票鞋票当然领不到，衣服鞋破了也只好将就着穿，所以她这样一个年轻又美丽的女孩子，衣服是破烂不堪的，脚下穿的又是木头鞋。工资少到令人吃惊。回家的希望简直更渺茫，只有天知道，她什么时候能再见到她的故乡，她的父母！我的朋友也不由得叹了一口气。

我的眼前电火似的一闪，立刻浮起 Wala 的面影，难道这个女孩子就是 Wala 吗？但立刻我又自己否认，这不会是她的，天下不会有这样凑巧的事情。然而立刻又想到，这女孩子说不定就是 Wala，而且非是她不行。命运是非常古怪的，它有时候会安排下出人意料的事情。就这样，我的脑海里纷乱成一团，躺下无论如何也睡不着，伏在枕上听窗外雨声滴着落叶，一直到不知什么时候。

第二天早晨起来，到研究所去的时候，我就绕路到那菜园子去。

这里我以前本来是常走的，一切我都很熟悉。但今天我看到这绿绿的菜畦，黄了叶子的苹果树，中间一座两层的小楼，我的眼前发亮，一切都蓦地对我生疏起来，我仿佛第一次看到这许多东西，我简直失了神似的，觉得以前菜畦没有这样绿，苹果树的叶子也没有黄过，中间并没有这样一座小楼。但现在却清清楚楚地看到眼前有这样一座楼，小小的红窗子就对着黄了叶子的苹果林，小巧得古怪又可爱。我注视这窗口，每一刹那我都盼望着，蓦地会有一个女孩子的头探出来，而且这就是 Wala。在黄了叶子的苹果树下面，我也每一刹那都在盼望着，蓦地会有一个秀挺的少女的身影出现，而且这也就是 Wala。但我什么也没看到。我带了一颗失望的心走到研究所，工作当然做不下去。黄昏回家的时候，我又绕路从这菜园子旁边走过，我直觉地觉得反正在离我住的地方不远的小楼里有一个 Wala 在。但我却没有一点愿望再看这小楼，再注视这窗口，只匆匆走过去，仿佛是一个被检阅的兵士。

以后，我每天要绕路到那菜园子附近去走上两趟。我什么也没看到，而且我也不希望看到什么，因为我现在已经知道，这女孩子不会是 Wala 了。不看到，自己心里终究有一个极渺茫极不成希望的希望：说不定她就真是 Wala。怀了这渺茫的希望，回到家来，每当夜深人静的时候，就把幻想放出去，到种种奇幻的世界里去翱翔，想到许多荒唐的事情，给自己摹描种种金色的幻影。这幻想会自然而然地把我带到六年前的波兰车上。我瞪大了眼睛向眼前的空虚处看去，也自然而然地有一个这样熟悉而又这样生疏的女孩子的面影摇摇曳曳地浮现起来：淡红的双腮，圆圆的大眼睛。

我每次想到的就是这似乎平淡然而却又很深刻的诗句："同是天涯沦落人。"因为，我已经再不怀疑，即使这女孩子不是 Wala，但 Wala 的命运也不会同这女孩子的有什么区别，或者还更坏。她也一定是在看过残暴与血光以后，被另外一个希特勒手下的穿黑衣服的两足走兽强迫装进一辆火车里拖到德国来，在另一块德国土地上，做着牛马的工作，受着牛马的待遇，出门的时候也同样要挂上一个 P 字黄牌，同样不能看到她的父母、她的故乡。但我自己的命运又有什么两样呢？不正有另一群兽类在千山万山外自己的故乡里散布残暴与火光吗？故乡的人们也同样做着牛马的工作，受着牛马的待遇，自己也同样不能见到自己的家属，自己的故乡。"同是天涯沦落人"，但是我们连"相逢"的机会都没有，我真希望我们这曾经一度"相识"者能够相对流一点泪，互相给一点安慰。但是，即使她现在有泪，也只好一个人独洒了，她又到什么地方能找到我呢？有时候，我曾经觉得世界小过，小到令人连呼吸都不自由；但现在我却觉得世界真正太大了。在茫茫的人海里，找寻她，不正像在大海里找寻一粒芥子吗？我们大概终不能再会面了。

1941年于德国哥廷根

《夜会》

这也许是幻觉罢——一想丁玲，总有两个不同的影子浮现在我面前：一个是前期的，是一个典型的小资产阶级少女的影子；一个是后期的，这个影子却很难描述，大概多少总带点儿普罗味，身上穿的应该是蓝布裤褂之流的东西罢，虽然这两个影子往往是同时浮起来，我却很难把它们拉在一起，说是一个人。我并不否认一个人会转变的，但这转变放在丁玲身上，我总觉得有点不大适合。仿佛近于奇迹似的，这种“觉得”实在太不近情理，但是我自己除了这样“觉得”外，再进一步的解释想找也找不到了。

以后因为某一种机缘的凑巧，我读到了几乎自《在黑暗中》以后的她的全部作品；最近又读到她失踪前不久出版的《夜会》。在这几部书里，有她的全人格的进展的缩影，最初是从“悄悄地活下来悄悄地死去”的莎菲，进展到能“忍受非常无礼的侮辱”的梦珂。这以后，她的颓废的心情又反映在阿毛姑娘身上——“不为什么，就是懒得活，觉得早死了也好”，跟着来的是转变，《韦护》的女主人公丽嘉一出台便与以前不同了，她看破爱情，她想做点事业，这种空漠的想，又实现在《一九三〇年春上海》里，这书的女主人公美琳终于投身革命，最后是，革命被象征化了，在《给孩子们》里作为爱若出现了。

这种由资产阶级而闻到革命的气息，而真去革命，而把革命象征了，不是一个很合理的进展吗？合理是真的；但也许太合理了，我在《在黑暗中》看到的丁玲是这样；在《韦护》里看到的仍然是这样，在《一九三〇年春上海》看到的仍然是这样——倘若就这样下去，我想不会有一天不这样的，也许因为时间的关系，在《在黑暗中》里不得不穿旗袍或马夹；在《一九三〇年春上海》只好穿蓝布裤褂之流的东西，我不愿意替别人检定意识，说不愿意是瞎话，实在是不会，但是丁玲的意识却很明显：她彻头彻尾是一个小资产阶级的典型女性。

在这里，很奇怪的，我想到扑火的蛾子，无论原来是在树丛里，墙角里，只要见到一丝光明，也要去扑，被纱窗隔住了，还要停留在那里，徘徊着往里窥探，希望可以发现一个空隙，钻了进去。但这个联想实在不恰当，我承认我们的革命家闻到了革命气息，有的也真的去革命了，但是大部分闻到这气息的时候却往往在跳舞厅里，喝过了香槟酒“醉眼蒙眬”的那一刹那。我的良心不使我把丁玲归在这一类，但是除了这一类外，我却也再找不到更适合的一类了。

但是，实在说起来，还不这样简单，在她这一些作品里，我看出了她的一个特点——黏质的惰性。这种惰性我自己也感到过，尤其是在读书的时候，只要一想到发奋读点书，总想明天开始罢，然而明天成了今天，还明天开始罢。就这样明天下去，终于也不开始了，在某一种时候，丁玲也实在被革命气息陶醉过，但是她仍留在原来的地方，不向前动一动。自己做些美丽的富有诗意的梦，她微笑着满足了，也许她也有“来了”之感吧。

就这样，无论穿的是旗袍或马夹，穿的是蓝布裤褂；但是，她还是她，转变也终于只转变了衣服。她与第四阶级的距离不比《在黑暗中》时期距离近，她所描写的第四阶级只是她自己幻想的结果，你想，像她这样一个人凭空去幻想第四阶级，结果应当怎样离奇呢？你可以用一个印度人去想象北冰洋来比拟，这个印度人会把棕榈栽在冰山上（自然是在想象里），他会骑了象赤着身子过雪的山。你看她怎样，在《消息》里，她同几个老太婆开玩笑，她替她们做着白日的梦：

> 一天只做七个钟头工，加了工资，礼拜天还有戏看呢，坐包厢，不花钱……

在《夜会》里，她描写了，也许同她初意的相反，他们的简单、愚蠢，以及一切能令一个绅士发笑的举动，倘若我们有一点同情心的话。这一点也是为他们的单纯及愚蠢而生的，本来，在一个小资产阶级的眼里，他们的举动的确有点愚蠢而近于可笑的。丁玲虽然改了装，穿上了蓝布裤褂，但是她仍然是以前的她，这些简单到同牛马一般的人们，在她眼里，能不显得可笑吗？我常奇怪，出现于外国电影里的中国人，总是佝偻着腰，摇着尾巴（可惜没有个尾巴），低首站在天之骄子面前，外国人为什么把中国人弄成这样？在丁玲身上，我找到了答案。

我不是说，在她的几部书里有她的全人格进展的缩影吗？但是这里所谓的进展，却似乎有点不大适合，倘若进展含有好一方面的意义的话，她的缩影是往前走的，但这只是给时间拖着。更适当地说，她的影却是愈拖愈暗淡下来了。到了《夜会》，只模模糊糊地留了点残痕，明显地说，就是，她的身躯在经过某一个阶段以前，只适于穿旗袍或马夹；或者，再往后，穿筒子似的大衣和高跟鞋，但是她却偏想去穿蓝布裤褂，结果只有暗淡了。

虽然暗淡了下来，仍然一样浮现在我的面前。不同的就是，现在我却能把它们拉在一起，以前我看着她的影子在书里掠过的，绿的，渐渐地蓝了蓝了，迅速似流星，终于我也莫名其妙，但是现在我仿佛有了慧眼似的，我能在这些幻变的影子后面发现一个更根本的东西，我知道，自始至终，她仍然是她，没有转也没有变，我笑自己的浅薄——我怎么会给她的外套眩惑了呢？

1934年1月

观　剧

高亢的锣声，乱杂的人声，闹嚷嚷地充满了广大的剧场。我对于旧剧本来没曾感多么大的兴趣。在我记忆以内，我所看到的也不过四五次。况且每次看完了以后，总发生同样的感想，就是——以后再不来了；然而，不知为何，这一次我又来到我不愿意来的地方了。

进了剧场的小门，通道上已经铁桶似的挤满了人，我只看见一排引长的脖子；仿佛受了魔力似的，使劲往上挺着，一排挺着的脖子下面，紧接着就列着些宽的、狭的背。一个连着一个，一丝不露地立在那里，做成了一座人的壁。这壁的上面，就可以看见半截的人身晃动着。狗叫似的怪声，咚咚的乱杂声，也从这壁里的某一部分发出来。我来往走了几趟，才发现了一线的空隙。便拼命钻进去。接触过了正流着汗的赤臂，润滑的绸衫，……遇着许多的障碍，停止了几次；台上的人才能看见了全身，怪声也似乎因为失去了障遮，更显得高一点。

再一看台下，一片大的，小的，圆的，长的，各样的头颅一行一行地正波动着。

我胜利似的出了一口气，注视着台上。

过了一会，我忽然觉着不安起来，我觉得后面许多人的视线都集中在我的头上；而且视线还仿佛变成了无形的针，直射我的后脑盖，一条条的接连着刺过来！使我感受着不可名的痛苦。我很想寻一个空位，避免这些针似的视线！其实，也未必真集中在我身上；但是，当我的视线一离开剧台四顾时，立刻有些红红绿绿的在我眼前飘闪起来。仔细看时，却仍然是些大的、小的、圆的、长的，各样的头颅瓜似的挤满了台前！空位一个也没有。

我迷惑了。

我的视线一转，仍然是些红红绿绿的飘闪着沉去了以后，接着又浮起些大的、小的、圆的、长的，各样的头颅，滚滚地翻动着，翻了几翻以后，竟然在眼前跳舞起来，间杂着红的绿的闹搅搅地满了一场。

一股急遽的感情之流，掠过我的心海，使我心里渺渺茫茫的，不知是在想什么；但是确乎是在想着。我真迷惑了。

嗖！一件白的东西，在我眼前一闪，越着我的头飞过去。接着就是第二个，第三个，都飞鸟似的飞了过去。我立刻惊愕起来，我四下里看了几周，最后在西北角上发现了一个穿黑裤的，胳臂上搭了一串白的毛巾。手一扬，又是一条飞过去，落在东南角上又一个穿黑裤的人手里。

白毛巾在空中来往了几次！穿黑裤的人渐渐走到我面前。

这时，虽然头颅的跳舞，因为给白的东西一惊，渐渐地沉下去。但是，我一想到背后，视线都仿佛更针似的加劲刺起来。使我片刻也站不住。我便无可奈何地向他——穿黑裤的——磋商，请他替我找一个凳子，他上下看了我几眼，露出鄙夷的神气，没有便答。

“哪里找去！”停了一会，这是他的回答。说着，走着，同化于许多的头中了。

我的脸上一热，心里立刻有点怒意了。我不住地回想着：别人——这所谓别人，是指的有椅子坐着的——同我一样地花钱，为什么他们能坐椅子，我却站着呢？我正想着，忽然那同一穿黑裤的正呼喝着，替一位衣服华丽的太太看坐，振荡在我心里的怒意，蓦地里扩大开来，在心海里浮动了几周，一直传遍了全身，传到两手上，两手便不自主地握起来。脑筋里也似乎不知充满了什么，嗡嗡地只是响。怒意澎湃着，大有不可遏止之势；然而，不知为什么，一个草帽在我眼前一闪，使我立刻联想到我自己的。我低头看了看我手中的草帽，黄旧而且不合时式。我又不自主地看了看我身上穿着的满是油污的长衫——的确似乎不及“他们”阔。无怪穿黑裤的对我那副神气，我的怒意立刻微飔似的无影无踪地消灭了。

我坦然了。

我四下里看了看，许多头仍然照旧攒动着。背后的视线却似乎弛缓得多了。

剧台上的锣，忽然急遽地大响起来，立刻吸住了我的注意点。我抬头看了看台上：一个大白花脸正和一群小的花脸扑打着。转了几个圈，进去了。过了许久，乐声细了，又出来一个老旦，来来往往地唱；坐在正中的椅上，仍旧唱。进去了，又出来一个姑娘唱，又出来一个相公唱！从五点到六点，从六点到七点，电灯全明起来了。

正在这个当儿，穿黑裤的又不知为何，想起给我搬了一个凳子来。我感激似的坐下，仍然注视着台上。

“可恶东西！”

“还想造反吗？打！”

“打！打！”

“打！……”

台上正走出来一个花红脸的大汉，后面人丛里，忽然一片直声嚷起来。这种奇异的大声，将剧台，人的壁，许多的头……一切一切都驱出于我意识之外。我回头一看，人的壁忽然叫号着动摇起来，在一丛攒动着头的里面，伸来了几条胳臂，撑持着、撕打着。过了一会，人的壁摇了几摇，轰的一声，都向后退开来——人的壁涣散了，可以很明晰地看见几个穿灰制服的军人正和替我找凳的那个穿黑裤的支撑着。晃了两晃，被军人按倒了，“打”起来。

“打！”

“打！打死再说！”

“打！”

仍然是一片“打”的声音。

喊叫的声音，肉与肉接触的声音，乱杂着腾起来，转瞬弥漫了剧场。锣声、鼓声，剧台上发出的一切声音，全听不见了——或者也因为观战而停止了，都无暇顾及。

呼喝的声音还没消完，我身边却觉着不安起来，我受尽了轻蔑得来的短凳，一向是我一个人独占着。这时仿佛有人来侵占似的。我斜了头看了看，正是刚才“打”穿黑裤的那个武装同志。没等我抵抗，一半腚早跨上了短凳，将我挤出了一大半。余怒未息的嘴里喃喃着，不时还回头看看。

我只好服从的，向左让了让，表示对他刚才那种勇气的精神的尊敬，不料他那身体却跟着胖过来，加上他那种咻咻的喘气，我实在有些忍耐不住了。

然而我仍然忍耐着，无可奈何地忍耐着，因为台上的一切已经将我吸住了。

他那身体仿佛有弹性似的渐渐向外胖开，同时，我便一点一点地向左让，及至台上的情形又变了时，我的身体的四分之三已经挤出来了。

我四下里看了两周，许多瓜似的头颅仍然攒动着，只不过多布了一层神秘，除了锣鼓声以外，一切都静悄悄的。微明的月光由屋顶罅隙处漏进来，这使我立刻联想到剧场外面的甜蜜：甜蜜的月光，甜蜜的微风，一切都是甜蜜的。

我再四下里一看，情形已经与先前大不相同！那些大的、小的、圆的、长的，各样攒动着的头，先前只是黑魆魆的，现在却每颗上都嵌着两个星似的眼睛。望过去，满是一片黑溜溜的，闪耀着，直射着按在地上的那个穿黑裤的。

“啊呀！打死人了！”穿黑裤的只是嚷。

“打死再说！”

“打！”

“……”

锣声忽然高亢起来，我不自主地回过头去——台上的花红脸正按着一个小卒模样的打；一会，小卒爬起来，进去了；又出来一个，还是他。仍然旋着打着，锣鼓雷声似的一齐响起来，高过了一切的声音。

一阵过去了以后，锣声细微了，台上已经另变一种情形！正面挂出一幅书房模样的布景。斜放着一张桌子，桌子上放着不能点的木头蜡炬。一个学生样的人，坐着看书不时摇头晃脑地唱两声。

唱的什么，我确乎不知道。不过我喜欢他那种姿势。

我注意地看着。

一大段唱到将近末尾，他把声音拖长了些，转了几个弯！一片呼喝的声音，立刻在四面腾起来，间杂着几声很奇怪的怪声，我也无意识地随着喊了一声。

我向剧台上望了一眼，作为临别的表示，就慢慢地踱出来。

沙铺的小路，月光照上，显得格外明，蛇似的蜿蜒着伸入疏疏的树丛中，我踏着印在地上的树影，听着剧场内发出的悠扬的乐声，趑趄着往前走去。

走出了广阔的大门远望着马路两旁的电灯，星似的闪耀着，再远一点，只有神秘的黑暗。

剧场的乐声，仍然断续地传出来，只要一传入我的耳官里，面前神秘的黑暗中，立刻幻出许多大的，小的，圆的，长的，各样的头颅，跳舞着，波动着。

我仍不停地走向前去！……

宽广的马路上，
笼罩着沉沉的夜气，
扰攘的车马声，
没沉了，
尘迷的空气，
清新了，
一切都布满了严肃的沉寂，
黄白色的灯光，
微明了，
暗淡了，
引起了幻象残留的痕迹，
缥缈在耳边，
游移在脑际，
又深印在心房的一隅，
荧荧的车灯，
一个紧跟着一个，
无声地在黑暗里游动，
一个个流星似的飞过了，
一个个，
又幻灭在黑暗中。

1929年9月16日

文明人的公理

这是昨天上午的事。

我正同一个同伴在马路上慢慢地走着，低着头沉思一件很不要紧的事情，耳官里忽然充满了皮靴底与路沙相摩擦发出的粗糙的、单调的声音，使我不得不抬头看看。第一个挡住我的视线的，便是那黄色的制服，红边的军帽，和那粗笨的黄皮靴。我向远处望一望，只见许多许多上着刺刀的枪，一高一低地向前进行；间或因为走路震动的缘故，有意无意地一斜，被阳光直射着，发出耀目的闪光。在这一行列各分子间距离较远的地方，间杂着许多大的炮车，高的战马。轮声、蹄声击地做出和谐的音调。每人的脸面虽然轮廓的大小不同，五官的布置各异，都一律地嵌着两个黑溜溜的眼球，向前直看着，很少左右视，保持着一种不可剖析的神秘，似欣欢，似骄傲。

我见了这红边的军帽，黄的制服，粗笨的皮靴，浑身好像受了无形的魔力，自然而然地战栗起来。的确，它们——军帽等——在我过去的回忆中，留下了很深的印象。同时两腿也向路旁急窜，躲开“他们”——某国示威的军队。脚下就如踏着天鹅绒似的，高一步，低一步，向前直走两只眼又想看看“他们”，又不敢很看。我这时可以说完全不受神经的支配；可惜我不是个大文学家，不能够将这时的恐惧心情，曲曲描写出来。

“慌什么？慢点走！看‘他们’……”

我的同伴用很低的声调警告我，说了好多遍，我才模模糊糊地听见。虽然他这种警告在我惊惧的心灵里不过如微风一度，我行路的速度却减了不少。

“慢点走！”他又说。

“看那个老人因为躲‘他们’挤倒了。”停了一会，他指着说。

“哪里？”我问。

“那不是嘛！”

我顺着他手指的方向向北看：一个老人卧在马路旁的地上，正挣扎着想起来。这种现象，在平常时候，一定有许多人围着看；因为中国人的好奇心向来是极大的。然而这时却各人走各人的，好像绝没有这种事情发生似的，间或有一两个人注意到他，也都表示出漠不关心的态度，仍然保持着无声的进程。

“看见了没有？”同伴问。

“……”

我的视线虽然固定在老人身上。但是我的心却全给因为看见“他们”而生的恐惧蒙迷了，毫不能做明了的观察。我的同伴虽然接续着说了许多，我只渺渺茫茫地听了一句“看见了没有”，眼前，脑中，心内都是些红边的军帽、黄的制服、粗笨的皮靴。

这时我旧时的回忆便一幕一幕地重现于我的脑海：

那是个五月的早晨，太阳升的还不甚高。某国军队放炮距今已二十多天了。这期间，恐慌笼罩了全城，谣言百出，不是说今天翻，便是说明天查，空气紧张到十二分，终日里除了害怕以外，还有什么心绪来看书？现在总算是略见平靖。我起来洗脸以后，坐在窗下的书桌旁发怔。两眼的视线集中在桌面的木纹上，忽然发生了看书的观念。左手去拿近旁的一本洋装书，指尖触着尘灰满封的皮面，起粒粒的感觉。随便掀到不知哪一页，一行一行地看去，只有些一方一方的黑字迹，奔马似的跑入眼里；及至看到末尾，书中的意义却一点也不能了解，甚至于连是什么字都不知道。又不得不从头再看。如此往来了两三遍。

“放炮已经二十多天了，H——我的同班——住的地方，听说离射击目的地不远。不知有危险没有，我也该去看看了……”我这么想着便立刻放下书，草草用了早饭，急往城里奔。

沿途上商家全都关着门，只有几个花生小摊还照常营业。地上残留的血痕，着弹半烧的大门或房屋，打断了垂在地上的电线，白灰墙上零零落落的弹眼，……处处都足以点缀废颓的表象。偌大的街衢中，寂静静地绝少声息，让发红色的阳光完全笼罩了。间或有一两行人，也都急急促促地各走各路，绝不相顾，我这时心内受的刺激，自然在悲哀以上了……

行行复行行，一直来到 H 门口。敲门进去，H 正同他母亲在屋中砖地上蹲着，旁边横七竖八地斜着几只开着的箱子，破衣服，烂字纸，很不规则地堆满了一地，见我进去，连忙站起来，递给我一支纸烟吸着，他也燃着一支。

“我万想不到你今天来，贵府怎么样？”

“怎么样”这三个字的意义本来很宽泛，然而现在却变成一种绝对的普通口头禅，应酬话，在这期间，凡人只要受了这三个字的刺激，自会发出关于放炮的感觉，自会明了它的意思。

“很平安。”我说。“并没有见炮弹。”

“那还好。”H 的母亲说。

“听说某国军队要家家检查，只要不合‘他们’的意，便一刺刀刺死。”她又继续着说，手指着破纸。

“放炮时我们这里可了不得了。”他不等我问，打断她的话头。

“炮声直响了两昼夜。炮弹鸽子似的在头上乱飞。我们都躲在床底下，哪里敢出头？每到晚上更厉害。那流星样的弹子一阵阵地向北跑；院子里打下的树叶，混合着小飞弹，雨般地落了下来，放了炮以后，我们一共扫了四簸箕，你道多也不多！你看那屋，”——H 用手指着他的东屋——“弹子轰得多厉害呀！”

H 弹了弹烟灰。

“记得是放炮的第二天晚上，一炮响得特别厉害，就落在北街，接着就有墙倒的声音，孩子哭的声音，求救的声音……陆续传入耳官里。等到炮响得较轻的时候，我伸出头来，窗纸已经通明；由窗纸缝里，可以看见火蛇似的火光，向上飞舞。大风呼呼地刮着，我们全家都陷入忧惧的漩涡中。我连话都不能说了。好容易风减了，火消了，这才放了心。第二天早晨，炮就停了，我走到北街一看：一片焦土，围着赪色的墙，中间竖着几个半焦的柱子。一个中年妇人，下腿已经给弹子带去了，血淋淋地卧在灰里，与死神争最末的残息。咳……"

说完了，又蹲下整理破纸。

这时全屋都归于沉寂，除了破纸的声音。

"烧了！烧了！那个得烧了。"H的母亲忽然喊出来，目光注射H的手里的一幅地图上。

"这个不要紧……"H说。"紧"字的声浪特别延长。

"不，不，'他们'再当作一张行军地图呢？"

"不要紧。"

"……"

"这个也得烧。"她又指着她才找出的一束信封说，上面印着"督办公署军需科缄"的字样。因为着了水，字迹扩大了，变为淡淡的。

"这个也不要紧。"我说。

"不行，不行。"她指着"军"字说，"这不是军队上用的吗？"大概这八个字中，她只认得那一个字，从H手里她把那幅地图抢了去，揉成一团，嘴里还自语着，"省得出了危险……"

"嚓"的一声，早已化为灰尘了。

忽然有一种急遽的脚步声音发生于庭中，她的男仆李升早已跑进来，手里拿着两个瓶，一个破篮子，急喘喘地。

“某国的……军……军……队……检查到了，街了……快……”

这一来，全室的空气陡然紧张到十二分，各人都给恐慌蒙迷了，她的脸变白了，嘴唇发颤了，浑身战栗了。我心里兀自跳个不住，也蹲下帮着敛破纸，向箱里填。

一分钟后，我们的工作完毕了。

“千万别关大门，”我开始贡献意见，“因为如果这样办，‘他们’以为你拒绝他哩。”

“不……行……”她说着又停住了，吸了口气。

“不行……不关门我心里究竟不安稳。还是关的好。”说着就指挥李升去关紧大门。她在屋里一来一往地踱着，好像热锅上的蚂蚁一般——一会向外望望，一会低着头叹息，又忽然看着自己的东西都安置得不合次序。恐怕“他们”疑心，便用颤巍巍的手东一扯，西一拉地整理。结果却愈整理愈乱，远不如不整理。我劝她不要慌：“沉着气，不要紧！”她却一点也听不见，仍是胡拉扯。

啪，啪，啪，大门上响了几声。

门响处拥进三个某国的军人！当头是个胖子，圆肿的脸。第二个是个矮子，最惹人注意的，便是他那两抹日本式的小胡。还有一个挂着刀，仿佛是个官——都一律是红边的军帽，黄的制服，粗笨的皮靴。它们在这时始给我一个很深的，永久不忘的印象。

“为什么关着门呢？”胖子发话。

“我们还抢你吗？”矮子说着，挺胸四下里看，表示出高傲的神气。

“我们不知道大人们来。请屋里坐吧！”H 鼓着勇气说。面上堆下很不自然的笑容。这时 H 的母亲早已吓做一团，战栗不止。

“放屁！”

“你没听见说吗！”

啪，H 脸上早着了一掌，接着就接二连三地几枪托，H 退到屋里，“他们”也跟进来。矮子先用刺刀掀开箱子，乱七八糟搅了一顿，也没有搅着什么。随后三人便大肆其威，翻箱倒笼，搜查起来，甚至于连老鼠穴，蚂蚁窝都寻到了。结果，一点也没有发现——银元。

西屋里搜完了，又往东屋走。阳光从屋顶上炮弹穿的裂罅里漏进来，射在一堆满蒙着尘土的破衣服上。除此以外，只有一条三根腿的小桌，几扇破风门，一个破蒸笼，来点缀这所屋，愈显得破烂不堪，“他们”仍是如法炮制，随随便便地用刺刀一掀，挑得尘土迷日，那些破东西都横七竖八地横在地上，仍是，一点也没有。

军官摸出了三支烟，每人一只，点了火。

胖子真急了。便毫不客气，饿虎似的扑向 H 的母亲。她这时仍跟在后面。“有没有？”大声问奴仆似的问着。同时左手拇指与二指弯曲做出银元状的圈形。

她不懂说的什么。只说：“老……爷……我……我我……不……懂。”他右手举枪向着她的胸口，左手仍保持着圈状。

“有没有？”

“老爷……我我！”她说到这里，忽然悟过来。但是，这时她两颊愈加变白了，说话也没有正调了，两手颤得更厉害了，赶快跑到北屋里，向床角间摸索了一会，摸出一个小包。这时“他们”已经从东屋跟进来。她解开小包——十多块白亮亮的圆头。

“老……老爷……是是是这个吗？”她说。

“好的。”胖子笑看着伸手接。

“Good.”矮子说着破碎的英文，也拿了两块。（未完）

1929年1月